W0245435

Layout und Umschlaggestaltung unter Verwendung
eines Standfotos aus dem Film »La Pirogue« von
Moussa Touré, Gudrun Fröba, Berlin
Druck und Bindung: Pustet, Regensburg
ISBN 978 3 88747 306 8

ABASSE NDIONE

DIE PIROGE

ROMAN

Aus dem Französischen von Margret Millischer

: TRANSIT

INHALT

Die massive Auswanderung der Jugendlichen
aus dem Senegal ist der Beweis für das Versagen der Politik.
Es ist die größte Niederlage des Landes überhaupt.

Penda Mbow, Nouvel Horizon, Oktober 2007

VORWORT

Zur gleichen Zeit, als ein mehr als sechs Meter hoher Metallzaun um die spanischen Enklaven Ceuta und Melilla errichtet wurde, um die Einwanderungswellen in die Länder der Europäischen Union zu stoppen, landete eine Piroge aus Hann, einem Fischerdorf am Stadtrand von Dakar, die nach einem Motorschaden zwei Wochen lang auf dem Meer dahingetrieben und Stürmen und Meeresströmungen hilflos ausgeliefert war, in Santa Cruz auf Teneriffa.

Die fünfzehn völlig erschöpften Fischer in dem in Seenot geratenen Boot wurden vom dortigen Roten Kreuz aufgenommen, in Quarantäne gesteckt, medizinisch versorgt, wieder aufgepäppelt, geimpft und dann nach Madrid geschickt. Sie riefen ihre Verwandten an, die sie für immer verloren geglaubt hatten, um ihnen mitzuteilen, dass sie am Leben waren und die Reise mit der Piroge von der Küste Senegals zu den Kanarischen Inseln, als Zugang zu Spanien, im Bereich des Möglichen lag.

Furchtlose Fischer aus Hann nahmen so den Kampf gegen die Wellen des Atlantischen Ozeans auf und erreichten ihr Ziel.

Der Weg zur beispiellosen Immigration von Tausenden jungen Afrikanern, die sogar in Friedenszeiten auf der Suche nach einer besseren Zukunft in Europa aus ihrem Land flüchten, war dadurch eröffnet...

EINS

Dieses Jahr war die Regenzeit gut, die Niederschläge ausgiebig gewesen. Und doch blieb die Ernte schlecht, weil es an gutem Saatgut fehlte. Der Staat hatte beschlossen, den Erdnussanbau ganz einfach zugrunde zu richten. Die staatliche Saatgut-Gesellschaft war abgeschafft, die Vorräte an ausgewählten Sorten aufgelöst und schlechte Saaten an die Bauern verteilt worden. Selbstverständlich war der Ertrag der Felder dadurch drastisch gesunken, und überall waren weniger Erdnüsse als Stroh geerntet worden, das nur als Tierfutter zu verwenden war.

Seitdem sich der Staat zurückgezogen hatte, war die Vermarktung der beiden letzten Ernten durch ein neues System ersetzt worden[*] und hatte mit vier Monaten Verspätung begonnen. Die Unternehmen, die die Ernte auf-

---

[*] System, bei dem die Bauern selbst ihre Ernte auf eigene Kosten vom Feld in die mit dem Ankauf beauftragte Fabrik transportieren, im Unterschied zum vorherigen System, bei dem der Staat diese Kosten übernahm und die Bauern auf ihren Feldern aufsuchte, um die Ernte zu kaufen. *(Alle Anmerkungen stammen vom Autor.)*

kaufen sollten und zumeist aus korrupten Geschäftsleuten bestanden, hatten statt Geld »Bons« ausgegeben, aber immer noch nicht eingelöst.

Wegen der diesjährigen Erdnussmissernte waren die Bauern, die schon davor in größter Armut gelebt hatten, nun wirklich vom Elend bedroht. Und nur durch die Geldsendungen der nach Europa ausgewanderten Verwandten konnte es abgewendet werden. Das galt auch für die aus vier Dörfern bestehende Landgemeinde Yassara.

Was wäre aus Yassara geworden ohne die jungen Leute, die auf der anderen Seite des Meeres arbeiteten? Neben den großen Geldbeträgen, die sie regelmäßig sandten, hatten sie Schulen und Krankenstationen gebaut, mit Pumpen ausgestattete Trinkwasserbrunnen gegraben und sogar für Telefonanschlüsse gesorgt...

Angesichts der bedrohlichen Lage hatten sich die Dorfältesten nach dem Freitagsgebet unter dem Palaverbaum versammelt und beschlossen, sich noch einmal an die Jugendlichen, die im Busch[*] lebten, zu wenden. Um die vierhunderttausend CFA-Francs – etwa 600 Euro – kostete es, mit einer Piroge nach Europa zu fahren. Die Felder warfen nichts mehr ab, und die Jungen in den Dörfern waren ohne Hoffnung. Man musste ihnen nur das Reisegeld schicken. Jedes der vier Dörfer der Gemeinde sollte in einem gerechten Verfahren zehn junge Leute auswählen. Alle sollten einen Vorteil aus dieser Aktion haben. Denn je mehr von ihnen in Europa arbeiteten, desto besser würden sie sich um ihre im Heimatland zurückgebliebenen Verwandten kümmern können.

Der Imam der großen Moschee hatte das alles telefo-

---

[*] In Afrika befindet man sich, wenn man sich außerhalb der eigenen Siedlung aufhält, egal wo, auch wenn es sich um eine Großstadt handelt, immer »im Busch«.

nisch dem in Italien lebenden Vereinspräsidenten der nach Europa emigrierten Landbewohner erklärt. Dieser hatte sich eine einwöchige Bedenkzeit ausgebeten, um die in verschiedenen europäischen Ländern lebenden Kollegen anderer Vereine zu Rate zu ziehen. Vor zwei Tagen hatten sie die Antwort erhalten. Sie war positiv. Die sechzehn Millionen Francs für die Reise von vierzig Jugendlichen, von denen wie vereinbart jeweils zehn aus jedem der vier Dörfer stammten, waren über die Zweigstelle der Western Union in Bakel an den Imam geschickt worden.

Zwei Tage später betete der Karamoko* für die vierzig jungen Dorfbewohner, gab ihnen Amulette, sogenannte Grigris, die sie bei der Abfahrt der Piroge anlegen sollten, und ein LKW, der Waren nach Saraya transportiert hatte und leer nach Dakar zurückfuhr, nahm sie mit nach Rufisque. Sie sollten bei Malang Diaby, dem Bruder des Imam, der seit seiner frühesten Jugend in der Stadt wohnte, untergebracht werden. Mehr als zwanzig Jahre lang war er als Arbeiter im Zementwerk beschäftigt gewesen, jetzt war er in Pension und lebte mit seiner Familie in seinem eigenen Haus im Arafat-Viertel.

Malang, der telefonisch verständigt worden war, erwartete die jungen Dorfbewohner und hatte versprochen, ihnen zu helfen, ein Boot zu den Kanarischen Inseln, dem Tor nach Europa, aufzutreiben.

* Geistlicher Dorflehrer

11

ZWEI

Zwei Tage und zwei Nächte lang fuhr die Piroge auf dem Rückweg von ihrem Fischzug bei ruhiger See dahin. Dann tauchten in der Ferne die hohen Fabrikschlote des Zementwerks auf und entließen weiße Rauchsäulen hoch in den Himmel. In einer Stunde sollte das Boot anlegen. Die Besatzungsmitglieder waren froh, nach drei Wochen auf See bald wieder festen Boden unter den Füßen zu haben. Sie begannen zu singen und drängten Baye Laye, den Kapitän, der das Steuer hielt und auf der hinteren Bank saß, schneller zu fahren.

Der aber antwortete, dass der Motor schon auf höchster Stufe liefe und nahm sein Gespräch mit Kaaba, dem zweiten Steuermann wieder auf, der ihm gegenüber an der Bootswand lehnte. Sie sprachen über den Rückgang der Fischbestände seit einigen Jahren und gaben den Fabrikschiffen die Schuld daran, von denen sie mehrere weit draußen auf dem Meer vor Anker liegen sahen.

Vor nicht einmal zehn Jahren reichte eine Woche auf dem Meer in geringer Entfernung von der Küste, um alle Kisten im Boot zu füllen. Nun hatten sie nach einundzwanzig Tagen auf hoher See weniger gefangen als damals, und das in mehr als fünfhundert Kilometern Entfernung, in den Gewässern der Kapverdischen Inseln, deren Lichter sie in der Nacht sahen. Dabei waren die Fische kleiner und füllten kaum die Hälfte der Kisten.

»Ich habe über deinen Vorschlag nachgedacht, Kaaba«, sagte Baye Laye. »Du hast recht … die Fischerei bringt nicht mehr genug ein zum Leben. Es bleibt nur noch Mbëkë mi*.«

Kaaba lächelte kaum merklich: »Ich wusste, dass auch du schließlich einsehen würdest, was ja offensichtlich ist. Die Meeresvorräte werden immer weniger und bald wird es überhaupt keine Fische mehr geben. Wir müssen weg. Außerdem gehen alle Mool** weg. Fünfzehn von unseren Fischern waren es im letzten Monat, und bis jetzt haben wir noch keinen Ersatz für sie gefunden.«

»Bald wird es niemanden mehr geben, um sie zu ersetzen, fürchte ich, alle anderen Besatzungen sind in der gleichen Lage wie wir. Wenn die zehn uns verbleibenden Mool noch da sind, dann nur deshalb, weil sie das Geld für die Überfahrt noch nicht zusammen haben.«

»Dann bleibt uns also nur noch Mbëkë mi.«

»Das einzige Problem ist es, das notwendige Geld aufzutreiben, um eine große Piroge bauen zu lassen und zwei Motoren zu kaufen. Das heißt, wir brauchen mindestens zehn Millionen. Wo sollen wir die nur hernehmen?«

»Wir brauchen keine große Piroge bauen lassen, wir haben ja schon eine…«

»Was soll das heißen? Welche große Piroge haben wir schon?«

»Die da, die *Adja Astou Wade.*«

---

*   Bezeichnung für die Überfahrt mit einer Piroge zu den Kanarischen Inseln.
    Wörtlich: Kopfstoß, Kampf gegen die Wellen,
** Fischer

»Nie im Leben! Wir können das Vertrauen, das der große Ngalla Boye in uns gesetzt hat, als er uns die Piroge anvertraute, nicht missbrauchen.«

»Es geht nicht darum, das Vertrauen Ngalla Boyes zu missbrauchen, denn wir werden ihm den Preis für die Piroge und die Motoren zurückzahlen...«

»Wie sollen wir ihm das zurückzahlen? Hast du vergessen, dass es sich um zehn Millionen handelt? Wo sollen wir denn das Geld auftreiben?«

»Wir werden uns gleich nach unserer Ankunft dranmachen, die zehn Millionen zusammenzukriegen. Ich werde das Geschäft einfädeln, ich bin sicher, dass ich etwa vierzig Passagiere finden kann, die bereit sind, jeweils vierhunderttausend Francs für die Reise zu bezahlen. Das bringt uns sechzehn Millionen. Das geben wir Ngalla Boye für seine Piroge und den Motor, kaufen einen zweiten Motor, Benzin und die für die Überfahrt notwendigen Vorräte...«

Kaaba hielt kurz inne, um die Wirkung seiner Worte auf Baye Laye abzuwarten. Als er merkte, dass dieser nicht abgeneigt schien, fuhr er fort: »Die sechzehn Millionen werden unsere Ausgaben voll und ganz abdecken. Nach meinen Berechnungen wird uns sogar noch etwas übrigbleiben, das wir unseren Familien bei der Abreise zurücklassen können.«

»Wenn das, was du sagst, möglich ist...«

»Was ich sage, ist bestimmt möglich! Das Problem besteht nur darin, während der Woche an Land Passagiere zu finden. Ich kümmere mich schon darum, ich werde eine Ladung finden, ohne viel Aufhebens zu machen. Die Bewohner von Thiawlene dürfen auf keinen Fall etwas von unserem Plan erfahren.«

»Ganz unauffällig, wie du schon sagst. Wenn sie mit ihrer Tratschsucht Wind davon bekommen, wird unser Plan scheitern. Ich werde mich auch auf die Suche nach Passagieren machen.«

»Wir werden sie finden, Inschallah! Es gibt viele, die weg wollen. Auf jeden Fall haben wir eine gute Piroge, mit der die Überfahrt problemlos zu schaffen ist. Ngalla Boye hat sie vor nicht einmal einem Monat gekauft. Der Boden besteht aus dem Stamm eines Neem*-Baumes aus dem Süden, aus der Casamance, und nicht aus zusammengefügten Brettern, wie bei den meisten Booten. Dadurch ist es viel widerstandsfähiger.«

Sie redeten weiter über Pirogen und die geplante Reise. Das Unternehmen machte ihnen keine Angst. Sie waren gewohnt, bei jedem Wetter drei Wochen lang auf offener See zu bleiben, deshalb schreckte sie eine zehntägige Überfahrt nicht. Von den Erzählungen der Fischer kannten sie den Seeweg zu den Kanarischen Inseln, die hinter den Kapverdischen Inseln lagen. Eintausendfünfhundert Kilometer waren dabei zurückzulegen, wobei man sich bei Tag an der Sonne und des Nachts am Mond und den Sternen orientieren konnte. Sie hatten diesbezüglich keine Zweifel, sie würden heil und gesund an ihrem Ziel ankommen. Inschallah!

Die anderen Fischer machten immer mehr Lärm, je näher die Piroge dem Ufer kam, das sie nun schon deutlich erkennen konnten. Massen von Menschen umringten die anderen Boote am Strand, auch sie redeten von Mbëkë mi und von ihrem brennenden Wunsch, die Überfahrt zu wagen.

Eine dreiviertel Stunde später nahm eine letzte Welle die Piroge mit, deren Motor schon ausgeschaltet war,

---

* Aus Indien stammender Baum, der zu Beginn der Unabhängigkeit nach Senegal gebracht wurde, um gegen das von der Dürre hervorgerufene Baumsterben anzukämpfen.

und ließ sie am menschenüberfüllten Strand aufsetzen. Sie sprangen von Bord. Im Wasser watend machten sie sich mit Hilfe anderer Fischer, die nicht ausgefahren waren, daran, das Boot ins Trockene zu ziehen, neben die vielen anderen Pirogen, die kurz vor ihnen angekommen waren.

Die Fischverkäuferinnen begannen mit Baye Laye zu feilschen, während Kaaba die Männer beaufsichtigte, die die Kisten abluden.

Der Himmel im Westen hatte eine prachtvolle orangene Farbe angenommen, die sich auf der spiegelglatten Wasseroberfläche fortsetzte, ausgehend von der Sonne, einer riesigen leuchtenden Scheibe, die gerade ins glatte Meer tauchte.

DREI

Der Fußballplatz im Vorort Sococim gleich beim Zementwerk war an diesem frühen Abend überfüllt. Zwei Mannschaften in bunt zusammengewürfelten Trikots trainierten
auf dem Spielfeld, auf dem später ein Freundschaftsmatch
ausgetragen werden sollte. Viele Zuschauer standen an der
Seitenlinie. Einige Jugendliche liefen mit kleinen Schrit-
ten um das Spielfeld herum, um sich aufzuwärmen. Unter ihnen war auch Kaaba im Jogginganzug und Lansana mit einem Fussballtrikot in den Farben Brasiliens. Vor
dem riesigen Abfallhaufen gleich neben dem Feld trafen
sie aufeinander. Sie blieben stehen, klatschten zweimal die
Handflächen und einmal die Handrücken gegeneinander
und schnippten dann zur Begrüßung mit den Fingern.

»Yé, Boy! Seit wann seid ihr vom Meer zurück?«, fragte Lansana.

»Seit gestern Abend«, antwortete Kaaba. »Nakka affai-
res yi?«[*]

»Genauso wie bei deiner Abfahrt! Es gibt nichts Neues,

---

[*] »Wie gehen die Geschäfte?«

17

alles ist unverändert, wir können weiter nur Däumchen drehen*. Das einzige, was bleibt, ist Mbëkë mi.«

»Oh ja, Mbëkë mi, das ist überall die einzige Neuigkeit! Die meisten von unseren Fischern sind weg. Wenn das so weiter geht, werden die Pirogen bald keine Mannschaften mehr haben...«

»Von wegen Pirogen, Kaaba! Du bist ja selbst Fischer. Kennst du nicht einen guten Bootsführer, der erfahren ist und verlässlich?«

Kaaba spitzte die Ohren.

»Was heißt das, willst du auch weg?«, fragte er ihn.

»Wenn sich eine gute Gelegenheit bietet, gehe ich ohne das geringste Zögern, ich bin ja arbeitslos«, antwortete Lansana. In der Zwischenzeit vermittle ich Geschäfte für meinen Vater. Er ist auf der Suche nach einem guten Bootsführer für vierzig Kunden.«

»Ist das ein Scherz, Boy?«, fragte Kaaba ungläubig.

»Nein, das ist mein voller Ernst.«

Dann erklärte Lansana Kaaba, sein Vater, Malang Diaby, hätte am Vortag etwa vierzig junge Dorfbewohner aufgenommen, die aus ihrer Gemeinde im Ostsenegal gekommen waren und für die er eine Piroge finden sollte. Die nach Europa ausgewanderten Verwandten hätten das Geld für die Überfahrt aufgebracht. Um kein Aufsehen zu erregen, hatte sein Vater sie in seinem Obstgarten im Dorf Kounoune untergebracht, dort warteten sie ungeduldig auf die erste Gelegenheit, sich einzuschiffen.

»Deshalb frage ich dich, ob du einen guten Bootsführer kennst, der verlässlich und erfahren ist.«

»Dein Vater hat den richtigen Mann gefunden«, rief Kaaba freudig aus. »Ich selbst bin auf der Suche nach Passa-

* *wörtlich:* etwas so Unnützes tun wie Strommasten zählen.

gieren. Baye Laye und ich haben schon eine Piroge be-
stellt, die uns gerade heute geliefert wurde. Wenn es uns
gelingt, vierzig Passagiere zu finden, dann bereiten wir alles vor, und in der kommenden Nacht geht es los.«

»Was verlangt ihr?«

»Der Preis ist überall an der ganzen Küste gleich, vierhunderttausend Francs. Ist das in Ordnung?«

»Hundertprozentig in Ordnung. Mein Vater hat mir gesagt, dass sie das Geld beisammen haben. Ein Passagier
kommt noch dazu, und zwar ich. Ich habe aber nur die
Hälfte der Summe, Boy.«

»Für mich ist das okay. Aber wir sind bei diesem Geschäft
zu zweit, Baye Laye und ich. Ich werde mit ihm reden und
mich für dich einsetzen. Ich glaube, er wird einverstanden
sein. Noch dazu, weil du uns gleich eine vollständige Ladung bringst!«

»Genau. Schon allein deshalb verdiene ich einen Preisnachlass, wenn schon keine Provision.«

»Ich werde mit Baye Laye reden.«

»Okay, ich verlasse mich auf dich! Weißt du, was wir
machen? Wir treffen uns nach dem Geewe-Gebet[*] bei uns
zu Hause. Du kommst in Begleitung von Baye Laye und
verhandelst direkt mit dem Alten.«

»Gut, so machen wir das. Bis heute Abend.«

»Bis heute Abend.«

Kaaba und Lansana schlugen die Handflächen und Handrücken zusammen, schnippten mit den Fingern, um sich zu
verabschieden, und liefen locker ihre Runden weiter, jeder in seine Richtung.

[*] Letztes der fünf Gebete am Tag

VIER

Dunkel war es.

Die große Familie von Malang Diaby, drei Ehefrauen und dreiundzwanzig Töchter, vergnügte sich nach dem Abendessen lärmend im Hof des Hauses. Er hatte nur einen Sohn, Lansana, das älteste der Kinder von seiner verstorbenen ersten Frau.

Lansana klopfte an der Zimmertür seines Vaters, der ihn herein bat. Er trat in den Raum, hinter ihm Kaaba und Baye Laye. Malang Diaby hatte gerade sein letztes Gebet beendet. Er erhob sich, faltete seinen Teppich zusammen, legte ihn oben in den Schrank, drehte sich um und schüttelte seinem Sohn und dessen beiden Begleitern die Hand.

»Hier sind die Besitzer der Piroge, Vater«, begann Lansana. »Du kennst sie übrigens, es sind Freunde, sie kommen oft ins Haus.«

»Ah ja, schon recht«, sagte Malang etwas ausweichend. »Aus welchem Viertel stammen sie?«

»Aus Thiawlène Boute. Ich bin Kaaba, der Sohn von Ndiaga Pouye. Der da ist Baye Laye, der Sohn von Mor Gueye.«

»Nein, so etwas. Kaaba und Baye Laye, ich hätte euch nicht wiedererkannt! Wie geht es in Thiawlène?«

»Gut, Vater Malang.«

»Und dein Vater, geht es ihm auch gut, Kaaba?«

»Es geht ihm gut. Nur sein Husten macht ihm sehr zu schaffen.«

»Wir alle, die wir früher im Zementwerk gearbeitet haben, leiden an der gleichen Krankheit«, erklärte Malang. »Dieser Husten lässt sich mit keinen Medikamenten, weder herkömmlichen noch modernen, behandeln. Der Zementstaub, den wir jahrelang ohne Schutzmaske eingeatmet haben, hat unsere Lungen angegriffen.«

Malang setzte sich auf den Bettrand, die Füße auf dem gefliesten Boden, und forderte die drei jungen Leute auf, sich auf die Stühle ihm gegenüber zu setzen.

Sie nahmen Platz.

Plötzlich fiel der Strom aus, und das Zimmer lag völlig im Dunkeln.

Malang schimpfte auf die staatliche Stromgesellschaft und bat Lansana, eine Kerze zu holen. Der stand auf und tastete sich im Dunkeln aus dem Zimmer.

»Nun, Kinder, ihr wollt euch also auch auf die Reise machen?«, nahm Malang das Gespräch wieder auf.

»Ja, Vater Malang«, antwortete Kaaba.

»Im Meer gibt es keine Fische mehr«, ergänzte Baye Laye.

»Die Landwirtschaft wirft auch nichts mehr ab, die Fabriken und Firmen sperren zu und die Jungen haben keine Arbeit«, stimmte Malang ihm verbittert zu. »Sie sind gezwungen wegzugehen. Ich verstehe sie. Für einen jungen Menschen, der schon auf eigenen Beinen stehen kann, gibt es nichts Beschämenderes als sich noch immer vom eigenen Vater aushalten zu lassen.«

»Vater Malang, es ist, wie du sagst«, pflichtete Baye Laye bei.

Lansana kam mit einer brennenden Kerze zurück, deren Flamme er mit seiner Hand schützte. Er stellte sie in einer Ecke des Zimmers auf und nahm wieder auf seinem Stuhl zwischen Baye Laye und Kaaba Platz. Das fahle flackernde Licht der Kerze ließ ihre Schatten, die erstaunliche Formen annahmen, an der Decke und den Wänden des Zimmers tanzen.

»Kommen wir zur Sache«, sagte Malang, »Lansana hat mir erzählt, dass ihr eine Piroge habt und Passagiere sucht. Ich wiederum habe vierzig Passagiere und suche eine Piroge. Ich glaube, wir können uns leicht einig werden.«

»Wir werden uns leicht einigen, Vater Malang«, sagte Kaaba.

»Ganz sicher«, bekräftigte Baye Laye.

»Da es sich um eure Piroge handelt, sind alle meine Befürchtungen wegen der Überfahrt hinfällig, denn ich habe volles Vertrauen in euch. Ihr seid ordentliche Fischer, ihr kennt das Meer sehr gut, also kann ich euch die Dorfbewohner, alles Verwandte von mir, ganz beruhigt anvertrauen.«

»Sind es wirklich vierzig?«, erkundigte sich Baye Laye.

»Ja, vierzig«, bekräftigte Malang. »Sie sind gestern früh aus Yassara angekommen. Damit die Leute nicht auf sie aufmerksam werden, habe ich sie in meinem Obstgarten untergebracht. Wir werden gleich hinfahren, sie werden euch auszahlen.«

Eine Viertelstunde später erreichten sie mit einem »Clando«-Taxi das fünf Kilometer entfernt gelegene Dorf Kounoune und hielten vor dem Gartentor an. Sie stiegen aus und baten den Chauffeur, auf sie zu warten.

Malang läutete energisch an der Tür. Kurz darauf hörte man von innen ein metallisches Quietschen, und das Gesicht eines jungen Mannes erschien im geöffneten Türspalt.

»Jummaa long?«[*], fragte der junge Mann auf Malinké.

»Inte long, Malang«[**], bekam er zur Antwort.

Das Tor wurde geöffnet und sie traten in den Obstgarten. Neben dem Gebäude, das gleichzeitig die Wohnung des Hausmeisters war, und dem Schuppen, in dem die Dorfleute schlafen sollten, fanden sie einen Teil von ihnen um ein großes Holzfeuer geschart. Die anderen unterhielten sich bei der Veranda.

Malang rief Keba, den Ältesten der Gruppe, und einen anderen Dorfbewohner als Zeugen, und alle sechs begaben sich in das Zimmer des Hausmeisters. Nachdem sie sich miteinander bekannt gemacht hatten, holte Keba die sechzehn in eine Plastikhülle gewickelten Bündel mit jeweils einer Million Francs aus einer abgewetzten Aktentasche. Er zählte sie vor allen durch, legte sie in die Tasche zurück und übergab sie Malang, der sie wiederum an Baye Laye weiterreichte.

Es wurde vereinbart, dass sie in der folgenden Nacht losfahren wollten. Treffpunkt um Mitternacht am Strand von Ximbé, hinter der Tankstelle für die Pirogen. Lansana würde sie hinbringen. Baye Laye und Kaaba empfahlen den Dorfbewohnern, ihre Ausweispapiere zu verbrennen, damit sie von den spanischen Behörden nicht in ihr Land zurückgeschickt werden konnten.

Dann verließen sie das Gebäude. Keba sammelte alle Personalausweise ein und verbrannte sie in dem Feuer, um das die Gruppe immer noch herumstand. Die anderen verabschiedeten sich und gingen zurück zum Taxi, das beim Gartentor wartete. Sie stiegen ein, und der Chauffeur fuhr los.

Als sie in Rufisque ankamen, war die Stromversorgung

[*] »Wer ist da?«

[**] »Ich bin es, Malang«

noch immer unterbrochen, die Stadt in vollkommenes Dunkel gehüllt. Bei der Abzweigung der Straße zum Zementwerk hielt das Taxi an, um Baye Laye und Kaaba aussteigen zu lassen, bevor es in Richtung Bahnübergang weiterfuhr.

Die beiden gingen auf einem der Gehsteige der unbeleuchteten Avenue Maurice-Guèye, die allerdings von den Scheinwerfern der vielen im Stau stehenden Autos auf der Hauptstraße erleuchtet wurde, und kehrten nach Thiawlène Boute zurück. Baye Laye trug die Aktentasche.

FÜNF

»Mir scheint, du machst jetzt doch dein Restaurant auf«, ertönte eine Stimme hinter Baye Layes Frau Kiné. Diese hatte sie erkannt, noch bevor sie sich umgedreht hatte. »Daba Diagne«, rief sie und schaute sie an.

Die beiden jungen Frauen brachen gleichzeitig in Lachen aus und begrüßten einander mit »Namoon naala! Numu deme?«[*]

Der Chinese hinter dem Ladentisch des gut sortierten Geschäftes überwachte einen seiner drei Angestellten, der soeben die von Kiné gekauften Waren zusammengestellt hatte, Aluminiumkochtöpfe, Kübel, Plastikteller und -tassen, Siebe, Schöpflöffel, Löffel etc. Die beiden anderen Angestellten kümmerten sich um die vielen Kunden, die sich in den Gängen zwischen den Regalen drängten.

»Wie geht es den Kindern, Daba? Und den Leuten in Diokoul?«

»Gut geht es ihnen allen in Diokoul. Auch den Kindern geht es gut, sie sind in der Schule. Und Baye Laye, den Kindern und den Leuten in Thiawlène?«

[*] »Du hast mir gefehlt! Wie geht's?«

»Allen geht es gut in Thiawlène, zwei von den Kindern sind in der Schule, zwei sind zu Hause, und Baye Laye ist gestern Abend vom Meer zurückgekommen.«

»Deshalb strahlst du so wie eine frisch verheiratete Frau. Man braucht dich nur anzusehen, um zu merken, dass die Geschäfte gut gehen. Hast du es endlich geschafft, das Restaurant zu eröffnen, von dem du mir erzählt hast?«

Kiné blickte verstohlen um sich. Aber die Kunden waren mit den Waren beschäftigt, erkundigten sich bei den Angestellten des Chinesen nach den Preisen. Man achtete nicht auf sie. Sie beugte sich zu Dabas Ohr und flüsterte in verschwörerischem Ton: »Nein, ich eröffne das Restaurant noch nicht. Diese Sachen sind für Baye Laye und Kaaba, die sich auf Mbëkë mi einlassen wollen…«

»Billahi?* Ist das wirklich wahr?«

»Ich schwöre es beim Leben meiner Kinder! Sie fahren heute um Mitternacht los. Die Sachen, die ich gerade gekauft habe, brauchen sie für die Überfahrt.«

»Ich fahre mit ihnen«, rief Daba.

»Was sagst du da?«

»Baye Laye und Kaaba werden mich nicht hier lassen, ich gehe heute Abend mit ihnen an Bord ihrer Piroge.«

In diesem Augenblick rief der Angestellte nach Kiné. Sie wandte sich von Daba ab und ging zum Ladentisch. Der Chinese listete die Waren auf und nannte den Preis, dann wies er seinen Angestellten an, die Sachen nach draußen zu tragen. Kiné nahm ein Bündel Geldscheine aus ihrer Handtasche, bezahlte und verließ mit Daba das Geschäft.

Als Letztes wurden die Töpfe und Kübel hinausgebracht und neben den anderen Waren ineinandergestapelt auf dem Gehsteig neben dem Geschäftseingang abgestellt.

Kiné rief einen vorbeikommenden Fuhrmann. Während

---

* Um Gottes Willen!

dieser den Wagen belud, setzte sie das Gespräch mit ihrer Freundin fort.

Daba erklärte ihr ihre immer schwieriger werdende Situation. Seit dem Tod ihres Ehemanns, der vor fünf Jahren bei einem Bootsunglück ums Leben gekommen war, hatte sie alle nur denkbaren Probleme, die von Jahr zu Jahr größer wurden, um sich und ihre drei Kinder durchzubringen. Das Geld, das sie mit einem Brotstand in ihrem Viertel verdiente, reichte nicht einmal mehr aus, um das Nötigste zu besorgen. Sie hätte gerne wieder geheiratet. Doch die Männer, die sie kennenlernte, hatten entweder keine ernsten Absichten und wollten ihr nur ans Hüfttuch, oder sie schreckten davor zurück, auch ihre drei Kinder anzunehmen. Sie lebte in einem einzigen Raum im Haus ihres Vaters, den sie mit ihren Söhnen teilte, von denen der älteste schon fünfzehn Jahre alt war. Sie hätte ein eigenes Haus gebraucht, Platz für die Kinder, um sie ordentlich erziehen zu können und ihnen eine sichere Zukunft zu bieten. Und um das zu erreichen, sah sie nur eine Lösung: nach Europa auszuwandern. Sie hatte für die Überfahrt gespart und war auf der Suche nach einer Piroge.

»Aber du bist doch eine Frau, Daba«, entfuhr es Kiné.

»Und wenn schon? Auch Frauen wandern aus! Du hast sie im Fernsehen gesehen, manchmal mit ihren Säuglingen in den Pirogen. Baye Laye und Kaaba werden mich hier nicht zurücklassen.«

»Es hat wohl keinen Sinn, dich davon abbringen zu wollen, du wirkst fest entschlossen.«

»Mehr als entschlossen. Barça walla Barsakh!* Komm,

---

* Devise der Auswanderer auf den Pirogen. Wortspiel, das man mit »Nach Barcelona fahren oder sterben« übersetzen könnte, gebildet aus Barça, der Fußballmannschaft von Barcelona und Barsakh, dem Ort, an dem der muslimischen Religion zufolge die Seelen aller Toten sich aufhalten, die auf den Tag des Jüngsten Gerichts warten.

gehen wir gemeinsam nach Thiawlène. Ich werde mit Baye Laye und Kaaba reden.«

Als der Fuhrmann mit dem Aufladen fertig war, nahm er auf der Sitzbank Platz. Kiné und Dabe setzten sich neben ihn. Mit einem Peitschenknall setzte er das Pferd in Bewegung und lenkte den Wagen in die Avenue Ousmane-Socé-Diop in Richtung Thiawlène.

Sechs

Nach Beendigung des letzten Nachtgebets gingen die Gläubigen einzeln oder in kleinen Gruppen hinaus; schließlich blieben nur noch der Imam El Hadji Ousseynou Ba, Baye Laye und Kaaba in der Moschee zurück.

Die beiden Fischer näherten sich dem Imam, der noch auf seinem Teppich in der Nische im vorderen Teil des Gebäudes saß, die Perlen seiner Gebetsschnur durch die Finger gleiten ließ, und sagten, dass sie ihn sprechen wollten. Der Imam unterbrach seine Tätigkeit, hielt die Gebetsschnur mit beiden Händen vor sich, blies in seine offenen Handflächen, rieb sich damit das Gesicht und wandte sich mit Lobpreisungen an den Propheten Mamadou – Friede und Heil sei mit ihm. Dann legte er die Gebetsschnur vor seinen Füßen ab und drehte sich zu Kaaba und Baye Laye, der immer noch die Aktentasche in der Hand hielt. Sie hockten sich neben ihn, erzählten ihm, was sie vorhatten, und baten ihn, für sie zu beten, bevor ihm Baye Laye die Aktentasche übergab.

»Gib Ngalla Boye die zehn Millionen, die da drin sind, um damit seine Piroge und den Motor zu bezahlen«, sagte Baye Laye zu ihm.

»Ich werde sie ihm gleich morgen in der Früh aushändigen«, versprach der Imam. »Aber ein Zeuge sollte bei der Geldübergabe dabei sein.«

»Nein, Imam«, entgegnete Baye Laye. »Wir vertrauen dir voll und ganz.«

»Natürlich«, pflichtete ihm Kaaba bei. »Sonst wären wir gar nicht gekommen.«

»Ich weiß«, sagte der Imam. »Aber zehn Millionen sind eine Menge Geld und der Teufel mischt sich oft in Geldgeschäfte ein, erzeugt Missgunst und Zwietracht. Es ist besser, ein Zeuge ist dabei, wenn ich das Geld übergebe.«

Baye Laye und Kaaba blickten sich kurz an.

»Wir werden dir meinen Onkel schicken«, sagte Kaaba.

»Geht in Ordnung. Moussa Mbengue ist ein ehrlicher Mann«, stimmte der Imam zu. »Jetzt möchte ich euch aber noch um einen Gefallen bitten.«

Er bat sie, auch seinen Neffen Mor Ndiaye, der an der Cheikh-Anta-Diop Universität studierte, in ihrer Piroge mitzunehmen.

Vor drei Jahren hatte Mor die Universität verlassen, er wollte um jeden Preis in Europa weiterstudieren. Seine Mutter hatte das Grundstück verkauft, das sein verstorbener Vater als Erbe hinterlassen hatte, dazu noch ihren Schmuck, und hatte die drei Millionen einem Vermittler übergeben, um ein Schengen-Visum zu bekommen. Der Mann war jedoch ein Betrüger, der nach eineinhalb Jahren falscher Versprechungen und Ausflüchte weder das Dokument geliefert noch das Geld zurückgezahlt hatte. Eine Klage war schließlich gegen ihn eingereicht worden, und er wurde verhaftet, zu zwei Jahren Gefängnis und zur Rückzahlung der drei Millionen zuzüglich fünfhunderttausend Francs als Schadensersatz verurteilt. Doch nach seiner Freilassung war der Betrüger spurlos verschwunden.

Mor hatte seinen Traum, nach Europa auszuwandern,

deshalb jedoch keineswegs begraben. Im Gegenteil, sein Wunsch war stärker geworden, seit sein ehemaliger Studienkollege Badara Djité, der auf dem Nachbargrundstück wohnte, das Glück gehabt hatte, das begehrte Visum zu bekommen. Er war nach Frankreich gegangen, hatte hier sein Haus abgerissen und an seiner Stelle ein zweistöckiges Gebäude errichtet, das die alte Baracke um vieles überragte. Seither sprach Mor nur noch davon, nach Europa zu fahren, so wie Badara, der weder klüger noch tüchtiger war als er, sondern einfach mehr Glück gehabt und das Visum bekommen hatte. Sein Wunsch wegzugehen war so übermächtig geworden, dass er kurz davor war, den Verstand zu verlieren. Er hatte sich zurückgezogen, sprach mit niemandem und verließ nicht einmal mehr sein Zimmer. So hatte seine arme Mutter zweihundertfünfzigtausend Francs von ihren Ersparnissen für ihn abgezweigt und bemühte sich, die fehlenden hundertfünfzigtausend zusammenzukratzen, um ihm die Ausreise zu ermöglichen.

Baye Laye und Kaaba waren mit den Zweihundertfünfzigtausend zufrieden, den Rest wollten sie ihm erlassen. Sie baten ihn, seinem Neffen Mor Bescheid zu geben, dass die Abfahrt in dieser Nacht um Mitternacht am Strand von Ximbé geplant war.

»Gehen wir jetzt nach Hause, ich werde euch das Geld geben«, sagte der Imam und hob seine Gebetsschnur auf. »Dann werde ich für euch beten.« Er erhob sich, die beiden Fischer ebenso, löschte die Lampen, verließ mit ihnen die Moschee und schloss die Tür hinter sich.

»Ich geh meinen Onkel holen«, verkündete Kaaba. »Wir treffen uns dann alle wieder beim Imam zu Hause.«

Er ging zum Haus seines Onkels, das am Ende der Straße bei der Fliesenfabrik stand, während Baye Laye den Imam in das Viertel begleitete, wo dessen dritte Frau, die ihn heute erwartete, wohnte.

SIEBEN

Eine Stunde, nachdem sie den Imam verlassen hatten, kamen Baye Laye und Kaaba zu Hause an. Dort warteten Arame Thiandoume, eine Cousine Kaabas, und ihr Sohn Talla, der seine Reisetasche umgehängt hatte, im Zimmer. Nach der üblichen Begrüßung erklärte ihnen Arame Thiandoume, sie hätte gehört, dass sie noch in dieser Nacht auslaufen würden, und sie bestand darauf, ihnen den kleinen Talla anzuvertrauen.

»Nein, er ist zu jung«, winkte Baye Laye ab.

»Woher hast du erfahren, dass wir diese Nacht auslaufen?«, fragte Kaaba mit etwas bitterem Unterton. Die Leute in Thiawlène haben das ja wirklich schnell ausgeplaudert!«

Arame überhörte die Frage ebenso wie die Beschwerde Kaabas über die Bewohner des Viertels und antwortete Baye Laye: »Wer ist jung? Talla? Nein, er ist nur kleingewachsen. Die Kinder, die im gleichen Jahr geboren wurden wie er, sind schon seit letztem Jahr beim Militär. Talla ist älter als einundzwanzig, ich schwöre es.«

»Arame, erzähl doch keinen Unsinn! Talla ist nicht einmal sechzehn Jahre alt, er ist noch ein Kind. Wir können ihn auf keinen Fall mitnehmen«, beharrte Baye Laye.

»Bevor wir entscheiden, soll sie uns sagen, wer es ihr verraten hat«, sagte Kaaba wütend. »War es mein Onkel?«

»Meinst du Anhan? Auf diese Idee kannst nur du kommen, Kaaba. Du weißt doch, dass dein Onkel auch meiner ist, denn er, deine Mutter und meine Mutter stammen von denselben Eltern ab. Aber wir grüßen uns ja nicht einmal, wenn wir uns auf der Straße begegnen. Der wird mir ganz bestimmt nichts sagen, das weißt du genau.«

»Wer war es dann?«

»Ich habe die Nachricht zufällig aufgeschnappt«,[*] antwortete Arama Thandoume, ohne eine Miene zu verziehen. »Ich kann keinen Namen nennen. Aber ich weiß, es stimmt. Das ist alles. Ich verlange auch nicht, dass ihr Talla umsonst mitnehmt. Ich habe das Geld für die Reise hier unter meinem Hüfttuch versteckt.«

»Er ist zu jung«, Baye Laye blieb dabei.

Arame flehte sie an, hielt ihnen das ganze Elend ihres Lebens vor Augen. Sie war geschieden, Mutter von sechs Kindern, die von diesem Tunichtgut von Vater verlassen worden waren, der sich nicht um sie kümmerte. Nur der Älteste – Talla – war ein Junge. Sie hatte keinen Bruder und auch sonst keinen Verwandten, der sie unterstützen konnte. Jeder Tag war ein harter Überlebenskampf. Der Verkauf gerösteter Erdnüsse vor dem Eingang zur Schule, zu der sie jeden Vormittag ging, brachte gerade so viel ein, dass sie genug zu essen hatten. Im Übrigen schlugen sie sich mit dem Wenigen durch, das ihre beiden größeren Mädchen verdienten. Diese waren acht und zehn Jahre alt und arbeiteten schon als Hausangestellte. Doch jetzt – Gott sei Dank – war ihr kleiner Sohn zum Mann geworden. Wenn es ihm gelang, die Reise zu unternehmen, würde sich ihre schwierige Lage ändern. Wie alle, die in

---

[*] *Wörtlich:* »Mit dem Huf einer Kuh mitgenommen«

Europa waren, würde Talla dina teeki[*] und ihr Schicksal würde sich zum Guten wenden. Er würde ihr ein schönes mehrstöckiges Haus kaufen, mit einem Schlafzimmer aus dem Möbelhaus, einem Salon mit Ledergarnitur und einem Regal mit lauter hübschen Kleinigkeiten. Er würde ihr die Pilgerreise nach Mekka bezahlen, sie würde Handel treiben, nach Dubai oder nach Hongkong fahren und ein Luxusauto besitzen...

Als Kiné mit einer zugedeckten Schüssel in der Hand ins Zimmer trat, hielt sie mit ihrer Klage inne. Kiné stellte das Gefäß beim Bettende ab und ging zum großen Tonkrug, der in einer Ecke des Raums stand. Sie füllte ein Plastikgefäß mit Wasser, das sie in eine kleinere Schale zum Händewaschen goss.

»Hier ist das Abendessen«, sagte sie und stellte die kleine Schale neben die mit dem Essen. »Wenn ihr genug geredet habt, dann esst, ich und die Kinder haben schon vor euch gegessen. Arame, du musst auch etwas essen.«

»Das ist schon in Ordnung, Kiné, ich habe schon gegessen.«

»Nein, nein, Arame. Iss nur, sonst werde ich böse!«

»Billahi, ich bin wirklich satt, Kiné. Ich habe gegessen, bevor ich hergekommen bin!«

Arame Thiandoume tauchte die Finger ins Wasser der kleinen Schale, hob den Deckel der großen Schüssel, fuhr mit der Hand hinein, nahm mit den Fingerspitzen ein wenig Couscous und steckte es in den Mund.

»Billahi, das reicht, Kiné«, sagte sie und tauchte die Finger in die kleine Schale. »Du weißt, wie ich bin. Wenn ich wirklich Hunger gehabt hätte, hätte ich gegessen. Aber ich brauche deine Unterstützung. Sag deinen Männern, sie sollen meinen Sohn mitnehmen.«

---

[*] Talla würde Erfolg haben, würde jemand Wichtiges werden.

»Sie helfen dir bestimmt, du bist ihre Schwester«, meinte Kiné. Sie verließ das Zimmer, während ihr Mann wiederholte, Talla sei zu jung.

Als Arame Thiandoume wieder damit begann, Baye Laye anzuflehen, fragte Kaaba unvermittelt den Jungen, wie alt er sei.

»Fünfzehn Jahre«, tappte Talla unversehens in die Falle, ohne dass ihm klar war, dass er etwas anderes als seine Mutter behauptete, die gesagt hatte, er wäre älter als einundzwanzig Jahre.

»Nein, das stimmt nicht, Talla, du bist nicht fünfzehn Jahre alt«, protestierte sie vorwurfsvoll. »Ich weiß, was ich sage, ich habe mich hingekniet, um dich auf die Welt zu bringen, vor mehr als zwanzig Jahren, ich schwöre es.« Sie schwieg kurz, schluchzte mehrmals, dann begann sie erneut, sie mit zitternder Stimme anzuflehen, und brach schließlich in Tränen aus.

»So helft uns doch, um Himmels Willen. Mein Sohn muss nach Europa, um dort wie alle Erfolg zu haben. Auch wenn er noch ein Kind ist, ist er ein guter Fischer, der oft auf der Piroge von Wesseynou Thiombane de Santhiab Guidj in Bargny zur See fährt. Er kann auch eine Piroge steuern und sich bestimmt während der Überfahrt nützlich machen.«

Baye Laye und Kaaba, die – völlig aus dem Gleichgewicht gebracht – nicht mehr wussten, was sie sagen sollten, verstummten. Das Schluchzen Arame Thiandoumes wurde noch stärker und ging in ein verzweifeltes Wehgeschrei über.

Aus Angst, sie würde das ganze Haus, wenn nicht das ganze Viertel in Aufruhr versetzen, gaben sie schließlich nach.

»Du brauchst nicht zu heulen wie ein Kind, das man geschlagen hat, gib das Geld her«, sagte Baye Laye.

»Bring uns nicht um mit deinen Tränen! Es reicht, wir nehmen ihn mit«, fügte Kaaba hinzu.

Arame Thiandoume hörte auf zu weinen, erhob sich vom Bett, drehte ihnen den Rücken zu, hob ihr Hüfttuch hoch, nahm die an ihrem zweiten Unterrock festgemachten Geldscheine heraus, drehte sich wieder um und hielt sie Baye Laye hin.

»Das ist nicht genug«, sagte der und zählte die Geldscheine nach.

»Ich weiß«, gab Arame, unter starkem Schluchzen beschämt zu, bereit, jederzeit wieder in Tränen auszubrechen. »Ihr müsst mir verzeihen, ich habe nur diese hundertfünfzigtausend Francs, das ist alles, was ich sparen konnte, Billahi. Talla ist ein Kind, ich gebe es zu, deshalb müsst ihr mir helfen und mir um Gottes Willen einen Preisnachlass gewähren.«

»Ist schon in Ordnung, fall nicht gleich wieder in Ohnmacht«, unterbrach sie Baye Laye. »Du kannst jetzt beruhigt nach Hause zurückkehren, wir nehmen ihn mit.«

Arame Thiandoume dankte Gott, lobte seinen Propheten und überschüttete die beiden Fischer mit Dankesworten. Dann betete sie lange für ihren Sohn, wünschte ihm eine gute Überfahrt und verabschiedete sich von ihm.

Nachdem sie gegangen war, wuschen sich Baye Laye und Kaaba die Hände und machten sich über das Couscous in der großen Schüssel her. Talla, den sie einluden mitzuessen, meinte, er hätte schon mit seiner Mutter gegessen. Sie sagten ihm, er solle im Hof auf sie warten, und er verließ das Zimmer.

ACHT

Der von der Hauptstraße kommende Bus ließ das Zementwerk mit seinen großen Schornsteinen, die dicken,
kreidigen Rauch ausstießen, und seinen vielen Lichtern
hinter sich. Seine Scheinwerfer zogen zwei Leuchtspuren
durch die Dunkelheit der Nacht und erloschen gleichzeitig mit dem Motorengeräusch, als das Fahrzeug neben der
Tankstelle für die Pirogen anhielt.

Lansana, der vorne neben dem Fahrer saß, drehte sich
um, forderte die hinter ihnen sitzenden Dorfbewohner auf
auszusteigen, öffnete dann die Tür und sprang nach drau
ßen. Die Dorfbewohner, die Reisetaschen geschultert oder
umgehängt, stiegen einer nach dem anderen aus der hinteren Tür, die ein junger Gehilfe offenhielt. Er war vom
Trittbrett abgesprungen, noch bevor das Fahrzeug angehalten hatte. Er schlug mit der Faust fest gegen die Tür, um
dem Fahrer zu signalisieren, dass der Bus leer war. Sofort
wurden der Motor angelassen und die Scheinwerfer eingeschaltet, das Fahrzeug fuhr los. Der Gehilfe lief hinter dem
Bus her, klammerte sich an der Leiter fest und schwang
sich mit einem geschickten Sprung aufs Trittbrett.

Angeführt von Lansana gingen die Dorfbewohner an

der Tankstelle vorbei, erreichten den nur wenige Schritte entfernten Strand und steuerten auf die beiden Personen zu, die neben der Piroge standen und die sie im Halbdunkel erkennen konnten.

★

Kaaba und der kleine Talla hatten Baye Laye zu Hause zurückgelassen. Sie erreichten zur gleichen Zeit wie Lansana mit den Dorfbewohnern die Piroge, wo schon seit einer ganzen Weile Mor Ndiaye und Daba warteten. In ihrem Jeans-Anzug und mit der Kappe auf dem Kopf sah sie wie ein junger Mann aus.

Nach der Begrüßung versammelten sich die Dorfbewohner, die den Ozean zum allerersten Mal in ihrem Leben sahen, in einiger Entfernung am Strand. Sie gaben Kommentare über die Wellen ab, die zu ihren Füßen ausliefen, über die unendliche Weite des Meeres, das grenzenlos und durch den Lärm der Brandung lebendig schien. In der Ferne waren die unzähligen Lichter von Dakar zu sehen, die wie auf das Wasser gestellt wirkten.

Kaaba, der kleine Talla, Daba, Mor Ndiaye und Lansana, die bei der Piroge geblieben waren, unterhielten sich und warteten auf Baye Laye.

»Und wenn eine Patrouille auftaucht?«, fragte der Student Mor Ndiaye besorgt.

»Du kannst ganz ruhig sein, heute Abend wird sich hier keine Patrouille sehen lassen. Wir haben unsere Vorkehrungen getroffen und die notwendigen Schritte unternommen«, erklärte Kaaba.

»Was für Vorkehrungen? Was für notwendige Schritte? Bist du wirklich sicher, dass es keine Patrouille geben wird? Wenn sie kommt und uns hier findet, wird man uns alle verhaften«, blieb Mor Ndiaye hartnäckig.

»Sei ruhig, Mor! Ich garantiere dir, dass uns keine Patrouille behelligen wird. Wir haben uns entsprechend arrangiert. Ich überlasse es dir, das zu verstehen. Das ist alles, was ich dazu sagen kann. Man kann in diesem Land alles arrangieren, das weißt du doch selbst, außer, wenn es darum geht, eine gute Arbeit zu finden oder einen Toten wieder zum Leben zu erwecken.«

»Noch etwas: Ist denn auch alles da, Wasser und Lebensmittel für drei Mahlzeiten pro Tag während der gesamten Überfahrt?« Seine Frage löste spöttisches Gelächter aus.

»Ich habe mich persönlich mit Kiné darum gekümmert«, versicherte Daba. »Nichts fehlt, nicht einmal Gewürze oder Suppenwürfel.«

»Und das Benzin? Und die Schwimmwesten? Und...«

»Oho«, unterbrach ihn Lansana und gab ihm einen Stoß gegen die Brust, der ihn um zwei Schritte zurückstolpern ließ. »Ich kenn dich, die Angst, in der du ständig lebst, du Feigling, bringt dich dazu, ununterbrochen zu reden. Die Lebensmittel, das Benzin, die Schwimmwesten und so weiter und so fort...«

»Lass nur, ich werd ihm alles erklären und ihn beruhigen«, sagte Kaaba. »Alles ist da, nichts fehlt, Mor, für zwei Wochen, obwohl die Reise, wenn alles gut geht, höchstens zehn Tage dauert. Schwimmwesten gibt es keine. Baye Laye und ich besitzen zwar welche, aber wir legen sie niemals an, auch wenn wir auf hoher See sind...«

»Warum?«

»Das bringt Unglück«, mischte sich der kleine Talla ein.

»Er hat dir die richtige Antwort gegeben«, sagte Kaaba. »Schwimmwesten sind nur bei einem Schiffbruch nützlich. Was wir weder wünschen noch einplanen. Alles wird gut gehen. Das ist unser Wunsch. Deshalb tragen wir keine. Außerdem vertrauen wir auf unsere Piroge. Sie ist sehr stabil, sehr widerstandsfähig, ihr Boden besteht aus einem

Neem-Stamm, aus einem einzigen Block, sie zerbricht nicht, sie kentert nicht. Bist du nun beruhigt?«

»Ja, ja, natürlich ... bin ich beruhigt«, stammelte Mor. »Aber worauf wartet Baye Laye, warum kommt er nicht, damit wir losfahren können? Er hat gesagt Punkt Mitternacht. Mitternacht muss doch schon vorbei sein!«

Kaaba und die anderen brachen in Lachen aus. »Lansana hat recht, du hast wirklich Angst.«

Er schaltete die Leuchtziffern seiner Uhr am Handgelenk ein und stellte fest: »Es ist noch nicht einmal Mitternacht, es ist erst dreiundzwanzig Uhr fünfundvierzig.«

»Ich möchte möglichst schnell weg, das stimmt. Ich gebe zu, ich bin etwas genervt«, verteidigte sich Mor.

»Gib zu, dass du dir in die Hose machst«, sagte Lansana grob.

»Ruhig Blut und Mut«, rief Kaaba.

Mor Ndiaye zog ein Päckchen Zigaretten aus seiner Jackentasche, betastete es und stellte fest, dass es leer war. Er zerknüllte die Packung zornig, und mit einem enttäuschten Seufzer schleuderte er sie in die Wellen, die gerade seine Füße erreichten.

★

Baye Laye hob seinen fünfjährigen Sohn Pape, der auf seinem Schoß saß, hoch, bevor er vom Bett aufstand. Er stellte ihn auf den Boden und holte von einem Nagel an der Wand seine Glücksbringer fürs Meer herunter, je einen Ndombo[*] für Oberarm und Hüfte und legte sie bereit. Sein Vater, der sie schon von seinem Vater bekommen hatte, hatte sie ihm vererbt, und er fuhr niemals ohne sie

---

[*] Grigri, hergestellt aus einem Ziegenfell, zumeist in Form eines Gürtels oder Armbandes.

aufs Meer hinaus. Dann nahm er seine Reisetasche und warf sie über die Schulter.

Kiné, die auf der Matratze auf dem Boden dem Bett gegenüber lag, zog vorsichtig die Brustwarze aus dem Mund des in ihren Armen eingeschlafenen Säuglings, legte ihn zu den beiden zwei und vier Jahre alten Mädchen, die neben ihr schliefen, stand auf und folgte gemeinsam mit Pape ihrem Mann zum Ausgang.

An der Türschwelle blieb er stehen, beugte sich zu seinem Sohn hinunter, nahm ihn auf den Arm, richtete sich wieder auf und streckte seiner Frau die linke Hand entgegen.

Kiné umfasste mit ihrer linken Hand die seine. »Gott möge deine Schritte lenken, Baye Laye«, wünschte sie ihm. Ihre Stimme versagte. »Vergiss uns nicht.«

»Ich vergesse euch bestimmt nicht, Kiné«, antwortete er, ebenso gerührt. »Wenn ich wegfahre, dann für dich und die Kinder. Meine Gedanken werden ständig bei euch sein.«

Der kleine Pape rief ihm zu: »Papa, Papa, vergiss nicht, mir den Fußball und das Trikot mitzubringen, wie du es mir versprochen hast!«

»Ich vergesse es schon nicht, mein Sohn, ich werde dir den Fußball und das Trikot mitbringen.«

»Ein rot-blaues Trikot von Barça, das mit der Nummer 10, wie das von Ronaldhino«, fügte das Kind hinzu, das sich für sein Alter im Fußball sichtlich gut auskannte.

»Das heißt also, Barça ist deine Mannschaft und Ronaldhino dein Lieblingsspieler«, bemerkte Baye Laye und stellte seinen Sohn wieder auf den Boden. »Du kannst dich auf mich verlassen, mein Sohn. Bei meiner Rückkehr bekommst du einen schönen Fußball und ein Trikot Nummer 10 von der Barça-Mannschaft. Aber in der Zwischenzeit habe ich eine wichtige Aufgabe für dich:

Während ich nicht da bin, musst du auf deine Mutter, deine beiden kleinen Schwestern und deinen kleinen Bruder aufpassen. Versprichst du mir das, Pape?«

»Ich werde auf sie aufpassen, Papa.«

Kiné unterbrach Vater und Sohn und fragte: »Hast du die Eier, Baye Laye?«

»Ah, sie sind in der schwarzen Plastiktüte auf dem Nachttisch«, sagte er und griff sich an den Kopf. »Ich habe sie vergessen. Bring sie mir.«

Kiné schalt ihn, ging ins Zimmer zurück und brachte noch einen Topf mit Wasser aus dem Tonkrug mit.

»Vergiss nicht die Anweisungen des von meiner Mutter verehrten Marabut*«, ermahnte sie ihn und gab ihm die Eier. »Wenn du am Ende unseres Viertels angekommen bist, drehst du dich um und zerschlägst eins nach dem anderen, vergiss das nicht … eines nach dem anderen und nicht alle gleichzeitig. Die sieben Eier nacheinander, und im Geiste musst du dabei den Wunsch aussprechen, nach einer erfolgreichen Fahrt zu deiner Familie zurückzukehren. Dann…«

»… wende ich mich um, setze meinen Weg fort bis zur Piroge, ohne mich noch einmal umzusehen«, schloss Baye Laye leicht gereizt.

»Genau so, vergiss es nicht«, sagte Kiné noch einmal. »Jetzt geh hin in Frieden, lieber Mann. Lass uns in Frieden zurück, reise in Frieden, komm in Frieden dort an, wo du hinfährst, und kehr eines Tages in Frieden zurück, um uns alle in Frieden wiederzufinden!«

»Amen«, sagte Baye Laye und trat aus dem Haus.

Kiné goß Wasser aus dem Topf auf seine Fußspuren und folgte ihm bis zum Hoftor. Dort blieb sie stehen.

---

* Islamischer Einsiedler/Heiliger mit »magischen« Kräften

»Gott möge deine Schritte lenken, Baye Laye«, wünschte sie noch ein letztes Mal und bemühte sich vergeblich, das Schluchzen zu unterdrücken.

Sie sah ihrem Mann mit Tränen in den Augen nach, wie er eiligen Schrittes wegging, beinahe rannte, und als er um die Straßenecke verschwunden war, ging sie in ihr Zimmer zurück und trocknete sich mit einem Zipfel ihres Hüfttuches die Augen.

Baye Laye schlug den Weg zwischen dem Deich gegen die Meeresbrandung und der Friedhofsmauer ein, ohne einer Menschenseele zu begegnen. Als er am Ende des Damms angekommen war, zerschlug er die sieben Eier wie vorgeschrieben, dann ging er zum Strand hinunter und weiter in Richtung Piroge.

NEUN

Die Nacht war dunkel, ohne Mond, ohne Sterne. Alles war still, nur das Pfeifen des Nordwinds in Richtung Meer war zu hören und das unaufhörliche Rauschen der anschwellenden Wellen. Sie liefen am Strand aus, etwa zwanzig Meter von der Stelle entfernt, wo die Piroge seit dem frühen Abend im Trockenen lag. Die Flut stieg zusehends.

Die Dorfbewohner waren noch immer vom Anblick des Meeres fasziniert. Nachdem sich ihre Augen an die Dunkelheit gewöhnt hatten, konnten sie es gut erkennen. Sie hatten ihre Hosenbeine hochgekrempelt und waren bis zur Mauer der am Ufer gelegenen Schuhfabrik geklettert, um sich vor den Wellen zu schützen.

Kaaba und die anderen, die neben dem Boot standen, sahen Baye Laye, der schnellen Schrittes auf sie zu kam.

»Da kommt schon Baye Laye«, rief der kleine Talla, der ihn als erster erblickte.

»Stimmt«, sagte Daba, die neben ihm stand.

»Dann können wir endlich losfahren«, ließ sich Mor Ndiaye vernehmen.

Baye Laye erreichte sie, grüßte in die Runde und wurde ebenfalls begrüßt.

»Ist alles bereit?«, fragte er.

»Alles ist bereit, wir warten nur noch auf die Flut«, sagte Kaaba.

»Warum müssen wir auf die Flut warten?«, erkundigte sich Mor Ndiaye.

Kaaba erklärte ihm, dass die Piroge, beladen mit den Essensvorräten, den Wasser- und Benzinkanistern und allen Passagieren zu schwer sei, um ins Wasser geschoben zu werden. Umso mehr, als keine Fischer da waren, die ihnen dabei hätten helfen können. In einer Stunde spätestens würde die Flut hoch genug sein und diese Arbeit für sie erledigen. Die Wellen würden stark genug sein und beim Zurückfluten die Piroge mit sich nehmen, die dann genügend Tiefgang hätte, um den Motor anwerfen zu können.

»Bleibt nur noch die Empfehlung des Imam Ousseynou«, meinte Baye Laye. »Ich werde mit den Dorfbewohnern sprechen.« Er klatschte in die Hände und legte los: »Ey, goayi, hew leen, ma wax ax yeen.«[*]

Lansana lachte leise. »Sie verstehen dich nicht. Kein einziger von ihnen spricht Wolof.«

»Ach so! Welche Sprache sprechen sie dann?«

»Malinké.«

»Sprichst du Malinké, Lansana?«

»Nein, aber du kannst Französisch mit ihnen sprechen. Fast alle sind in die Schule gegangen. Und die können dann für die Wenigen übersetzen, die dich nicht verstehen.«

Baye Laye klatschte noch einmal in die Hände, zog so schließlich die Aufmerksamkeit der Dorfbewohner auf sich und bat sie, näher zu kommen, um ihn besser hören zu können, er hätte ihnen etwas zu sagen.

Sie verließen ihren Platz bei der Mauer und gesellten

---

[*] He, Burschen, kommt her, ich habe euch etwas zu sagen.

sich zu der kleinen Gruppe vor der Piroge, die bereits von den vorüberrollenden Wellen bespritzt wurde. Langsam wurde es still.

Baye Laye ergriff das Wort. »Ich begrüße euch alle, jeden mit seinem Vornamen und seinem Familiennamen«, sagte er und suchte nach Worten. »Ich werde nicht lange reden. Wir brechen zu einer langen, schwierigen Reise auf, die etwa zehn Tage dauern wird. In der Piroge ist wenig Platz für uns alle, daher brauchen wir viel Rücksichtnahme und Zusammenhalt und keine Streitigkeiten während der Überfahrt. Mein Freund Kaaba, der das Meer sehr gut kennt, und ich werden uns beim Steuern ablösen, damit wir alle gut ankommen, Inschallah.«

»Ich auch«, meldete sich der kleine Talla. »Wenn ihr alle beide müde seid, werde ich die Piroge steuern.«

»Talla, du auch«, machte sich Daba lustig.

»Ich glaube, die meisten von euch haben heute das erste Mal das Meer gesehen und sind noch nie auf einer Piroge gewesen«, sagte Baye Laye.

»Das stimmt! Das allererste Mal«, antworteten die Dorfbewohner im Chor.

»Ihr werdet sehen, es ist nicht viel schlimmer als eine Fahrt auf dem Lastwagen. Manche von euch werden vielleicht seekrank werden, sie werden an Übelkeit, Durchfall und Erbrechen leiden. Wir haben Medikamente dagegen. Sobald einer von euch eine dieser Beschwerden hat, muss er sich nur melden, wir geben ihm Tabletten und es geht vorbei.«

»Und wenn jemand aufs Klo muss?«, fragte einer.

Die Frage löste Belustigung aus.

»Lacht ihn nicht aus«, sagte Baye Laye und musste ebenfalls lachen. »Jeder hat so seine Sorgen. Wenn noch jemand eine Frage stellen will, bitte sehr.«

Es gab keine weiteren Fragen. Nach einem Augenblick

sagte Baye Laye: »Wenn jemand aufs Klo muss, dann haben wir Nachttöpfe, zwei oder drei sind da…«

»Vier«, ergänzte Kaaba.

»Also vier Töpfe sind dafür vorgesehen. Wer einen benutzt hat, leert ihn ins Meer und säubert ihn ordentlich mit dem dafür bestimmten Besen. Ist das klar?«

»Ist klar«, sagte der Dorfbewohner. »Eine letzte Frage. Wann fahren wir endlich los? Wir haben es eilig, wir kommen von weit her.«

»Wir werden gleich losfahren«, antwortete Baye Laye. »Aber vorher werden wir uns alle mit Meerwasser waschen, dann steigen wir mit dem rechten Fuß zuerst in die Piroge und sagen alle gleichzeitig: Bismillaahi Rahmaani Rahiimi*. Ich wiederhole, nach den Waschungen steigen wir mit dem rechten Fuß in die Piroge und sagen Bismillaahi Rahmaani Rahiimi. Los, fangen wir an.«

Er beugte sich hinunter und grub ein Loch in den Sand zu seinen Füßen und alle anderen machten es ihm nach. Eine letzte Welle ließ beim Zurücklaufen genügend Wasser in der Vertiefung zurück, sodass man sich damit waschen konnte. Auch der kleine Talla und Daba Diagne, die ihre Kappe abgenommen hatte und ihr kurzgeschnittenes Haar zeigte. Dann kletterten sie ins Boot und riefen dabei alle denkbaren Namen Gottes, setzten sich jeweils zu zweit auf die Bänke und verstauten die Taschen zu ihren Füßen. Die Dorfbewohner saßen vorne und waren von Baye Laye am Steuer und den fünf anderen, Kaaba, Daba, Talla, Lansana und Mor Ndiaye, die hinten saßen, durch einen Verschlag getrennt, der als Küche und Vorratskammer diente.

Sie warteten vorerst schweigend, begannen aber bald miteinander zu reden, zuerst leise, dann immer lauter,

---

* Im Namen Gottes, des Barmherzigen, des All-Barmherzigen

nur von Zeit zu Zeit unterbrochen durch die ungeduldigen Seufzer Mor Ndiayes.

Die Wellen wurden größer und größer und plötzlich spürte man, wie das Boot erzitterte, sich dann bewegte, bevor es zu schwimmen begann. Eine riesige Welle nahm es beim Zurückfluten ins Meer mit sich.

Baye Laye stand auf der Hinterbank, bückte sich, zog mit einer heftigen Bewegung am Anlasser des Motors, der langsam lostuckerte, die Ruhe der Nacht durchbrach und in der drückenden Stille vollends ansprang.

Die Passagiere schwiegen und hielten den Atem an.

Keba, der Älteste der Dorfbewohner, machte ihnen ein Zeichen. Alle holten gleichzeitig die Zahnstocher, die sie im Mund hatten, heraus und warfen sie ins Wasser, wie vom Karamoko in Yassara geraten, der sie ihnen bei ihrer Abfahrt aus dem Dorf als Talisman mitgegeben hatte.

Alle waren ganz aufgeregt bei der Abreise ins lang ersehnte und schon immer erhoffte Eldorado, an die man sich gar nicht wirklich zu glauben traute und die nun doch endlich begann. Mit angstvoll in der Dunkelheit glänzenden Augen saßen sie schweigend im finsteren Boot, das immer schneller fuhr und zunächst Kurs nach Süden nahm.

Das Meer, eine unendlich große dunkle Masse, lag genauso still da wie ein See. Es gab keine Wellen, und trotz der absoluten Dunkelheit war die Sicht gut. Weit draußen glitzerten die starren Lichter der Fabrikschiffe in der Nacht.

Die schwer beladene Piroge mit dem starken, auf vollen Touren laufenden Motor, die Bordkante fast auf Höhe des Wassers, durchbrach die Fluten und ließ dabei eine glänzend weiße Schaumspur zurück, die beim Weiterfahren nach und nach verschwand. Bald erreichten sie ihre Reisegeschwindigkeit, wie am inzwischen regelmäßigen Motorengeräusch zu erkennen war.

Sie fuhren bereits seit zwei Stunden, als sich der Mond einen Weg durch die Wolken im Osten bahnte, am Himmel hochwanderte und ein fahles Licht warf.

Als wäre das ein Signal gewesen, begannen die Passagiere, die seit der Abfahrt stumm, angespannt und erstarrt im Boot saßen, sich wieder zu rühren, die Zungen lösten sich. Stimmen waren zu hören, unterbrochen von tiefen Seufzern der Erleichterung.

»Wie spät ist es?«, fragte Baye Laye. Kaaba sah auf die Ziffernbeleuchtung seiner Uhr.

»Drei Uhr fünfundvierzig«, sagte er. »Soll ich dich ablösen?«

»Nein, es geht, ich bin nicht müde. Talla und Daba, geht es euch gut?«

Die beiden saßen nebeneinander auf der Bank hinter Baye Laye und Kaaba und vor Lansana und Mor Ndiaye und bejahten die Frage, ebenso wie die beiden hinter ihnen und die Dorfbewohner.

Glücklicherweise wurde niemand seekrank.

Die Lichter von Dakar, die mit dem rotblinkenden Leuchtturm an der Spitze der Halbinsel endeten und die man auf der Backbord-Seite gesehen hatte, waren schon lange verschwunden.

Baye Laye änderte die Richtung und nahm Kurs nach Westen.

Der Mond, der vorher zu ihrer Linken zu sehen war, befand sich nun hinter ihnen. Gott sei Dank waren sie keiner Seepatrouille begegnet. Die einzigen Lichter, die sie sahen, bewegten sich nicht. Das war der Beweis dafür, dass es die Fabrikschiffe waren, die die Fischschwärme aufspürten und mit ihren hochmodernen Netzen abfischten. Wenn ihnen das Glück weiterhin gesonnen blieb, so würden sie bei Tagesanbruch die internationalen Gewässer erreichen und hätten keine Seepatrouillen mehr zu fürchten.

Die Zeit verging, nach und nach verstummten die Stimmen und das Boot versank in Schweigen, nur von dem regelmäßigen, geradezu monotonen Motorengeräusch unterbrochen. Vorne im Boot waren die meisten Dorfbewohner schließlich eingeschlafen, mit dem Kopf auf den Knien oder an die Bordwand der Piroge gelehnt, ebenso hinter dem Verschlag mit der Küche und der Speisekammer Mor Ndiaye und Lansana, Daba und der kleine Talla mit dem Kopf auf dem Schoß der jungen Frau.

»Ich werde auch schlafen. Weck mich, wenn du müde bist«, sagte Kaaba zu Baye Laye.

Er lehnte den Kopf gegen die Bootswand und schloss die Augen.

Baye Laye weckte ihn zwei Stunden später.

Mit unzähligen Sternen im Schlepptau prangte der Mond oben am Himmel und spiegelte sich im ruhigen Wasser vor der Piroge, die ihn erfolglos zu verfolgen schien. Man konnte fast so gut sehen wie bei Tag, aber die starren Lichter der Fabrikschiffe waren verschwunden.

Sie wechselten die Plätze: Kaaba übernahm das Steuer, und Baye Laye ließ sich auf der Bank nieder, die dieser verlassen hatte, legte ebenfalls den Kopf auf die Knie und schlief erschöpft und erleichtert sofort ein.

Mit ihrem gleichmäßig tuckernden Geräusch setzte die Piroge ihre Fahrt fort und ließ ihre leuchtend weiße Spur hinter sich. Es war sechs Uhr vorbei. Alle schliefen, außer Kaaba. Plötzlich stand der kleine Talla auf, kletterte auf die Bank, öffnete den Reißverschluss seiner Jeans, pinkelte ins Meer, setzte sich wieder neben Daba und schlief sofort wieder ein.

Der Morgen graute. Der Himmel wurde langsam hell. Die Sterne verblassten und verschwanden nach und nach und bald glänzten nur noch zwei von ihnen, einer direkt oberhalb des Mondes, der jetzt tief im Westen stand und seinen Glanz verloren hatte, der andere im Süden schien fast auf dem Wasser zu liegen. Der Morgenwind war frisch und leicht, das Meer ruhig und makellos glatt mit Kolonien von Meeresvögeln darauf, die noch schliefen, als das Tageslicht die Schatten der Nacht vollständig verjagte.

Daba Diagne erwachte als erste. Sanft hob sie den Kopf Tallas, der ganz fest auf ihrem Schoß schlief, lehnte ihn gegen die Wand der Piroge und stand auf. Sie fand einen Kübel auf dem Verdeck, schöpfte Meerwasser hinein, öffnete ihre Tasche, nahm Zahnbürste und Zahnpasta heraus und erledigte ihre Morgentoilette. Dann begrüßte sie Kaaba leise, um die anderen Schlafenden nicht zu wecken, und wollte das Frühstück vorbereiten. Kaaba erklärte ihr, dass alles Nötige – Kocher, Kaffee, Milch, Zucker, Kekse, Süßwasserkanister, Löffel und Tassen – in der Küche zu finden war, die gleichzeitig als Speisekammer diente, und borgte ihr sein Feuerzeug.

Sie zwängte sich zwischen Mor Ndiaye und Lansana durch, stieg über die Bank, auf der sie schliefen und ging zum Verschlag. Sie nahm eine Kanne mit Süßwasser, füllte damit den Kessel, zündete den Gaskocher an und stellte das Wasser auf. Das Geräusch der Flamme weckte Mor, der aufschreckte, dann Lansana und alle anderen Passagiere.

Die Dorfbewohner, von denen manche auf dem Boden der Piroge standen, andere auf die Bänke gestiegen waren, um besser sehen zu können, machten abermals erstaunte und bewundernde Bemerkungen über das unendlich weite Meer.

Kaaba schaltete den Motor aus. Sein Tuckern wurde sogleich von einer lastenden Stille abgelöst. Während die Piroge weiter dahinglitt, beugte er sich hinunter, zog unter seiner Bank den Metallanker mit vier Haken hervor, hob ihn mit beiden Händen hoch, richtete sich wieder auf und warf ihn ins Wasser. Die Piroge wurde langsamer, blieb schließlich stehen, als das Ankerseil nicht mehr nachgab.

»Ich bin müde, mir fallen die Augen zu«, sagte er, nachdem er sich auf die Bank gesetzt hatte. »Ich werde versuchen, ein wenig zu schlafen.«

»Warte noch das Frühstück ab, es ist fast fertig«, meinte Daba.

Jeder Passagier bekam eine Tasse Milchkaffee und eine Packung Kekse. Nach dem Frühstück wurde der zweite Motor angeschlossen, der Tank aufgefüllt und als die Sonne auf der Backbordseite aufging, übernahm Baye Laye wieder das Steuer, jetzt mit Kurs nach Norden.

Das Wetter war traumhaft, die Sonne strahlte vom klaren Himmel, weit und breit kein Nebel, kein Wind, das Meer war ruhig. Es gab keine Probleme. Keiner der Passagiere wurde seekrank. Die Dorfbewohner bestaunten den Ozean noch immer. Wie Mor Ndiaye hatten auch Daba und Lansana, obwohl sie seit ihrer Geburt am Meer lebten, zum ersten Mal in ihrem Leben eine Piroge bestiegen. Soweit das Auge reichte, war nichts zu sehen als blaues Wasser und über ihrem Kopf der Himmel in etwas dunklerem Blau, verziert mit kleinen weißen Wolken, die der Piroge auf ihrer Fahrt zu folgen schienen. Wasservögel zogen durch die Lüfte, mit ausgebreiteten Flügeln, oder tauchten ins Wasser, um sogleich mit einem zappelnden Fisch im Schnabel wieder hochzuschnellen.

Im Boot herrschte entspannte Stimmung.

Daba machte sich mit Tallas Hilfe an die Zubereitung des Mittagessens in der Küche. Am frühen Nachmittag (es war genau sechzehn Uhr auf Kaabas Uhr) warf Baye Laye wiederum den Anker aus. Die Mahlzeit – Reis mit getrocknetem Fisch – wurde auf Plastiktellern serviert und alle aßen gutgelaunt.

Nachdem das Geschirr mit Meerwasser gespült und in

den Verschlag weggeräumt worden war, fragte Keba Kaaba und Baye Laye, wie Fischer beten, wenn sie auf hoher See waren. Kaaba zitierte einen Koranvers, in dem die Rede davon war, dass Gott vom Menschen nichts Unmögliches verlangt.

»Deshalb betet man auf hoher See, wie man eben kann«, erklärte er. »Du erledigst deine Waschungen, du bleibst stehen oder sitzen in der Richtung, in der die Piroge fährt, und du betest laut oder leise, je nachdem, das Tekbir* laut, Niederknien und Niederwerfen nur im Geiste und das Salam** ebenfalls laut. So einfach ist das.«

»Vielen Dank«, sagte Keba. »Das wusste ich nicht, ich wollte aber nicht fragen, aus Angst, zu stören. Deshalb habe ich heute Morgen nicht gebetet. Ich werde es gleich nachholen.«

Andere taten ihm gleich. Nachdem sie ihre Waschungen mit Meerwasser verrichtet hatten, setzten sie sich auf die Bänke und beteten. Danach fuhren sie wieder weiter. Kurze Zeit später bat Talla Kaaba, ihm das Steuer zu überlassen. Er wollte es Daba, die sich über ihn lustig gemacht hatte und noch immer daran zweifelte, dass das Steuern des Bootes für ihn ein Kinderspiel war, beweisen. Also übergab Kaaba ihm das Ruder. Die Fahrt ging mit Talla als Steuermann genauso ruhig weiter bis zum späten Abend.

Die Sonne verschwand auf der Steuerbordseite als große Feuerkugel in der Ferne im Meer und färbte Himmel und Wasser in gleißendes Gold. Wieder wurde der Anker

---

ausgeworfen und der Reis, der zu Mittag übrig geblieben war, gegessen.

Und wieder verrichteten die Gläubigen ihre Waschungen und Abendgebete.

Die Nacht brach herein, und die Dunkelheit senkte sich über Ozean und Boot. Kaaba entzündete zwei Petroleumlampen, stellte eine auf den Boden des Bootes und hängte die andere hoch an den Mast beim Verschlag. Am Vorabend hatte er es nicht getan, um nicht die Aufmerksamkeit der Seepatrouillen zu wecken. Baye Laye übernahm wieder das Steuer.

In der zweiten Hälfte der Nacht ging der Mond am Himmel auf. Die meisten Passagiere hatten ihre Gespräche eingestellt und waren eingeschlafen. Kaaba löste Baye Laye am Steuer ab. Sie fuhren bis zum frühen Morgen. Dann schaltete er den Motor ab, warf den Anker aus und schlief ein, den Kopf an die Wand der Piroge gelehnt.

Bei Tagesanbruch erwachten sie, machten Toilette, beteten und frühstückten. Der Motor wurde ausgetauscht, der Tank gefüllt, der Anker gelichtet, um mit frischer Kraft den zweiten Tag auf See zu beginnen.

ZEHN

Eine Woche lang hielt das schöne Wetter an, und das Meer lag unverändert ruhig da. Die Reise verlief problemlos, stets nach dem gleichen Rhythmus: Abfahrt in der Früh bei Sonnenaufgang nach dem Frühstück, Motorwechsel und Auftanken. Erster Halt am frühen Nachmittag, Mittagessen. Neuerlicher Aufbruch und Weiterfahrt bis zum Einbruch der Dunkelheit, zweiter Halt, Abendessen. Wieder Aufbruch und Fahrt die ganze Nacht hindurch. Bei Morgengrauen letzter Halt, Rast, Schlaf. Gleich bei Tagesanbruch Aufwachen und bei Sonnenaufgang neuerlicher Aufbruch in einen neuen Tag. Kaaba, Baye Laye und der kleine Talla wechselten sich am Steuer ab.

Gott sei Dank ging alles gut, die Überfahrt war keineswegs eintönig, denn man konnte gar nicht genug davon bekommen, staunend die ständig wechselnde Farbe des Meeres zu beobachten, das unzählige Blautöne bis zum Smaragdgrün annahm.

Alle waren mit Dabas Küche zufrieden. Ihr Reis mit getrocknetem Fisch war ein großer Erfolg, und manche Dorfbewohner beglückwünschten sie nach jeder Mahlzeit und behaupteten, sie hätten noch nie so gut gegessen.

Am dritten Tag der Überfahrt erwachte bei einem der Dorfbewohner namens Kibily die Liebe. Er, ein dankbarer Esser, erklärte Daba seine Zuneigung und gestand ihr, dass ihre Kochkünste ihn davon überzeugt hätten, dass sie die Ehefrau war, die er suchte. Er schwor, es sei ihm vollkommen ernst und fügte hinzu, er würde, wenn sie einverstanden wäre, gleich nach ihrer Ankunft am Zielort beginnen zu sparen, um ihr möglichst bald die für die Hochzeit notwendige Aussteuer übergeben zu können, Baye Laye und Kaaba seien seine Zeugen. Daba antwortete ihm, er würde ihr nicht missfallen und sie könnten gleich nach der Ankunft weiter darüber reden. Von nun an verbrachte Kibily seine Zeit bei der jungen Frau, brachte sie zu schallendem Lachen, half ihr beim Kochen und tauschte am Abend seinen Platz mit Talla, um mit ihr bis spät in die Nacht zu plaudern, bevor er zum Schlafen seine Bank aufsuchte.

Am nächsten Tag gelang es dem kleinen Talla, die tägliche Mahlzeit aufzubessern. In seiner Tasche hatte er seine Angel mitgebracht und am Nachmittag des Vortages ein Stück getrockneten Fisch als Köder an der Angel befestigt, ausgeworfen und bis zum Einbruch der Dunkelheit an seinen Zeigefinger gebunden. Aber er hatte nichts gefangen. Das hatte ihm den Spott der beiden Fischer, Baye Laye und Kaaba, eingetragen, die ihn immer wieder lachend gefragt hatten, wo er jemals gehört oder gesehen hätte, dass man getrockneten Fisch als Köder verwendete. Er ließ sich davon jedoch keineswegs entmutigen und hatte Daba gebeten, ihm eine leere Milchpackung zu geben. Er hatte die Verpackung mit seinem Taschenmesser in feine Streifen geschnitten, diese am Haken befestigt und wieder die Angel ausgeworfen. Bis zum Aufgang des Mondes hatte er sie beobachtet und war schließlich als letzter eingeschlafen, nachdem er die Schnur hinten an der Bank befestigt hatte.

Am frühen Morgen erwachte er gleichzeitig mit Daba

und griff als erstes nach seiner Angel. Sein lauter Freuden-
schrei ließ alle aufspringen. »Ich habe einen Tintenfisch
gefangen! Ich habe einen Tintenfisch gefangen!«

Der Junge, der sich gut mit dem Meer und den Fischen
auskannte, hielt die wie ein Kabel zwischen zwei Masten
gespannte Angel mit beiden Händen fest und versuchte
angestrengt, seine Beute an Bord zu ziehen, umringt von
den Dorfbewohnern, die von seinem Geschrei angelockt
waren.

Als er sah, dass es Talla nicht schaffte, kam ihm Baye Laye
zu Hilfe und nahm ihm die Angel aus den Händen. Es war
tatsächlich ein Tintenfisch von beachtlicher Größe, so, wie
es der kleine Talla vorausgesagt hatte. Er war vom Metall-
glanz der Streifen der Milchpackung im Wasser angelockt
worden, hatte sie vermutlich für eine Qualle, seine bevor-
zugte Beute, gehalten. Baye Laye warf ihn auf den Boden,
nachdem er ihn mit Mühe an Bord gezogen hatte.

»Bravo, Kleiner! Deine Mutter hat wirklich Recht gehabt, als sie gesagt hat, du könntest dich bei der Überfahrt
nützlich machen«, beglückwünschte ihn Kaaba mit brei-
tem Lächeln und tätschelte ihm den Kopf.

Die Dorfbewohner bestaunten das seltsame Tier, das
pausenlos seine vielen Arme bewegte und ergingen sich in
endlosen Kommentaren. Das steigerte sich, als Talla auch
noch eine Goldbrasse und einen weißen Thunfisch fing,
wobei er ein Stück Tintenfisch als Köder benutzte. Da sie
noch nie einen lebenden Fisch gesehen hatten, stellten sie
die einfachsten und dümmsten Fragen über die Fische, die
am Boden der Piroge zappelten.

Alle lobten Tallas Geschick und noch beim Mittagessen,
dem allerbesten vorstellbaren, mit Tintenfischstücken auf-
gebesserten ceebu jen* wurde mit Bewunderung von seiner

* Reis mit Fisch

großartigen Leistung und seinem Einfallsreichtum gesprochen, und man dankte ihm von allen Seiten.

Die Überfahrt ging viel besser vor sich, als es sich die Dorfbewohner je hätten träumen lassen. Die Tage und Nächte vergingen friedlich, mit abwechslungsreichem Essen, bei herrlichem Wetter und ruhigem Seegang. In der sechsten Nacht, kurz vor Aufgang des Mondes, meldete Kaaba am Steuer zwei Pirogen, die am Licht der an ihren Masten aufgehängten Petroleumlampen in der Ferne weiter vorne zu erkennen waren.

Sie holten die beiden Boote erst gegen Mittag des folgenden Tages ein, als diese den Anker geworfen hatten. Baye Laye, der Kaaba in der Zwischenzeit abgelöst hatte, schob das Schiff zwischen die beiden anderen. Mit abgestellten Motoren ankerten die drei Pirogen nur etwa je zweihundert Meter voneinander entfernt. Eine eindrucksvolle Stille herrschte, man konnte einander gut verstehen, wenn man ein bisschen lauter sprach. Alle waren froh, wieder einmal mit anderen Menschen zu sprechen, die genau wie sie seit ihrer Abfahrt vom Rest der Welt abgeschnitten waren. Sie begrüßten einander, sprachen sich auf ihrer gefährlichen Reise mit dem gleichen Ziel gegenseitig Mut zu, tauschten Informationen aus, all das in heiterer Stimmung.

Eine der Pirogen mit fünfundachtzig Passagieren an Bord kam aus Hann und trug auf den Bordwänden den Namen *Bonne Mère Fatou Fall*. Die andere, die *Air Guet,* war aus Saint-Louis und hatte genauso viele Passagiere an Bord. Sie waren schon zwei Nächte bzw. eine Nacht früher aus Rufisque losgefahren, aber da sie viel schwerer waren und mehr als doppelt so viele Menschen beförderten, waren sie nicht so schnell und daher trotz ihres großen Vorsprungs eingeholt worden.

Als Daba mit der Zubereitung des Mittagessens fertig

war, verabschiedeten sich die *Bonne Mère Fatou Fall* und die *Air Guet Ndar* bis zum Wiedersehen auf den Kanarischen Inseln und lichteten den Anker.

Es war die achte Nacht, der Mond stand schon seit geraumer Zeit am Himmel, es gab keinen Dunst, die Sicht war ausgezeichnet, die Piroge durchschnitt die Fluten mit einem gleichmäßigen, ständigen Brummen des Motors, der auf vollen Touren lief und die nächtliche Stille durchbrach. Die meisten Passagiere verharrten schweigend, wenn sie nicht ruhig auf ihren Sitzen schliefen, als einer der Dorfbewohner, der aufgestanden war, um seine steifen Gelenke zu lockern, plötzlich laute Schreie auszustoßen begann: »Ich sehe Lichter! Ich sehe Lichter!«

Baye Laye, der am Steuer saß, sprang von seiner Bank auf, wie von einer Feder empor geschleudert. »Es stimmt, man sieht wirklich Lichter«, sagte er.

In Windeseile waren alle auf den Beinen, den Blick auf die Lichter in der Ferne gerichtet, die ganz deutlich über der Wasseroberfläche tanzten.

»Endlich sind wir am Ziel«, rief Mor Ndiaye, der seit der Abfahrt kaum etwas gesagt hatte.

»Noch nicht«, dämpfte Kaaba seine Begeisterung. »Wir nähern uns dem Ziel, aber wir sind noch nicht angekommen. Man kann die Lichter sehen, weil wir draußen auf dem Meer sind, doch sie sind noch sehr weit von uns entfernt. Wir müssen diese Nacht durchfahren und mindestens noch den morgigen Tag, bevor wir ankommen.«

»Inschallah!«, meinte Baye Laye. »Wenn alles weiterhin so gut läuft, dann werden wir morgen Abend das Ziel unserer Reise erreichen.«

»Wir sind angekommen, das sage ich doch! Mein Gott, wir sind schon so gut wie angekommen. Wir haben eine ganze Woche auf dem Meer verbracht, was sind da eine Nacht und ein Tag mehr? Wir sind angekommen, sobald wir die Lichter unseres Zielortes mit eigenen Augen sehen können«, jubelte Mor Ndiaye, der sich vor Freude kaum halten konnte.

Er war nicht der Einzige. Eine Welle der Euphorie, die schon an Hysterie grenzte, hatte das Boot erfasst. Alle waren außer sich vor Begeisterung und im Geist in Europa angekommen. Glückwünsche wurden ausgetauscht, gewaltiges Gelächter brach aus, mit zum Himmel erhobenen Armen wurde Gott, der Allmächtige, gepriesen und sein Prophet Mamadou, Friede und Heil sei mit ihm, der ihnen geholfen hatte, einen Wunsch zu erfüllen, den man für unerfüllbar gehalten hatte. Sie sahen sich schon in Europa: Bei ihrer Ankunft hatten sie neue Kleider bekommen, waren auf den Kanarischen Inseln in ein Rot-Kreuz-Lager in Quarantäne gesteckt und dort geimpft worden und man hatte sie mit gutem Essen im Überfluss versorgt. Dann, am neununddreißigsten Tag, hatte jeder von ihnen ein Mobiltelefon und fünfzig Euro erhalten. Am nächsten Tag hatte man sie mit anderen Emigranten aus demselben Lager in ein Flugzeug in Richtung Kontinent gesetzt und sie dann auf die großen Städte des spanischen Königreiches aufgeteilt. Dabei hatte man ihnen erklärt, dass sie den Status von Einwanderern ohne Papiere hatten. Sehr bald hatten sie dann in den riesigen landwirtschaftlichen Betrieben zu arbeiten begonnen, halfen bei der Weinlese, fuhren auf den Mais- und Weizenfeldern mit dem Traktor, ernteten Zitrusfrüchte, Tomaten und Oliven. Eine tolle Arbeit, viel weniger anstrengend als die harte Feldarbeit, die sie gewohnt waren, sehr gut bezahlt, tausendzweihundert Euro, achthunderttausend CFA-Francs pro Monat. Ein wahres Vermögen! Die Hauptsache war jetzt, den im Dorf in der ärgsten Armut zurückgelassenen Verwandten Geld zu schicken, eine große Villa zu bauen, Vater, Onkel oder Mutter auf die Pilgerreise nach Mekka zu schicken, und eine Toubab, also eine weiße Frau zu heiraten, um zu zeigen, dass man es geschafft hatte, endlich wünschte sich das lang begehrte junge Mädchen, das mit dem armen Verehrer früher nicht einmal sprechen wollte, jetzt nichts sehnlicher, als die Ehefrau des reichen Emigranten zu werden, der regelmäßig Euros schickte, für schöne Kleider, einen Mercedes, einen Obstgarten, Rinder, eine Zahnprothese, um das Fleisch, das man sich jetzt kaufen konnte, zu kauen... Kurz, man redete laut über die verrücktesten Pläne, die man vorher niemals auszusprechen gewagt hatte und die man sich, jetzt in Europa – dem Europa mit den unbegrenzten Möglichkeiten – angekommen, durchaus vorstellen konnte. Sie waren aus ihrem Land, das zu den hochverschuldeten Entwicklungsländern* zählte, geflüchtet, einem Land, das von erschöpften, enttäuschten Menschen bewohnt war, mit Abfallbergen, Cholera, Unsicherheit, Mangel an Wasser, Benzin und Erdgas, unerwarteten Stromabschaltungen, teuren Grundnahrungsmitteln, milliardenschweren Finanzskandalen, Schließungen von Fabriken und Firmen, willkürlichen Verhaftungen, ungeahndeten Angriffen auf Journalisten und Oppositionspolitiker, häufig auftretenden Überschwemmungen, offensichtlicher Korruption auf höchster Ebene, im Staat, in der Verwaltung und der Richterschaft, chronischer Jugendarbeitslosigkeit, Begnadigung und Amnestie von allgemein bekannten Kinderschändern und Mördern, mangelndem Zugang zu einer ordentlichen medizinischen Versorgung, das heißt also aus einem Land, in dem nur die führenden Politiker und ihre Familien ein menschenwürdiges Leben führten. Auch der kleine Talla schrie ununterbrochen mit aufgeregter Stim-

* HIPC Hochverschuldetes Entwicklungsland

me: »Dinaa teeki! Dinaa teeki!«*, und brachte so das Gefühl aller zum Ausdruck: Eine bessere Zukunft erleben zu können.

Die Gespräche in dieser Nacht waren länger, fröhlicher, angeregter als gewöhnlich. Man schlief spät ein und wachte am nächsten Morgen früh auf. Es war noch dunkel, die in der Ferne am Horizont glitzernden Lichter waren immer noch zu sehen. Sie verschwanden erst bei Tagesanbruch. Die Aufregung des Vortages war noch lebendig, es wurde immer noch vom Eldorado und den großartigen Möglichkeiten, die sich dort allen boten, gesprochen.

Gefrühstückt wurde bei bester Laune. Bei Sonnenaufgang und blauem wolkenlosen Himmel, ölglattem Meer und völliger Windstille warf Baye Laye den Motor für einen neuerlichen Aufbruch an, der von den Freudenschreien der Passagiere begleitet wurde.

* Ich schaffe es! Ich schaffe es!

ELF

Nachdem sie die *Bonne Mère Fatou Fall* und die *Air Guet Ndar* zuerst eingeholt und dann überholt hatten, änderte sich im Laufe des Vormittags ganz plötzlich das Wetter, das seit ihrer nächtlichen Abfahrt vor etwas mehr als einer Woche geherrscht hatte, mit spiegelglattem Meer, Windstille und beständig blauem Himmel. In atemberaubender Geschwindigkeit zogen große dunkle Wolken am Firmament auf und verdeckten die Sonne. Heftiger Sturm brach los. Über das aufgewühlte Meer rollten hohe Wellen mit weißen Schaumkronen, auf und ab, auf und ab, immer höher, und rissen die Piroge mit sich.

Die Menschen im Boot, vom jähen Wechsel der Elemente überrascht und erschreckt, blieben wie erstarrt auf den Bänken sitzen, stumm, mit weit aufgerissenen, angst- und schreckerfüllten Augen.

In Blitzesschnelle waren die Naturgewalten losgebrochen.

Das Pfeifen des Windes verwandelte sich in ein fürchterliches Heulen. Eine Riesenwelle, hoch wie ein zehnstöckiges Gebäude, hob die Piroge bis zu ihrem Kamm hinauf, schleuderte sie dann brutal in einen tiefen Schlund, stürzte sich mit apokalyptischem Getöse auf sie und über-

rollte sie völlig. Das Boot verschwand unter den Wassermassen, schoss wieder hoch wie ein Pfeil, von Wasser
überflutet und schief liegend, den Bug Richtung Himmel,
stellte sich dann wieder gerade, ein Teil des Wassers floss
ab, doch im selben Augenblick wurde es von der nächsten,
noch riesigeren Welle erfasst.

Alle Passagiere waren bis auf die Haut durchnässt, sprangen auf und klammerten sich an die Querbalken, die die
Bordwände miteinander verbanden, um der Piroge mehr
Stabilität zu verleihen. Sie standen bis zum Bauch im Wasser, der kleine Talla bis zu den Schultern. In das Tosen des
Sturms und der brechenden Wellen mischten sich panik-
artiges Geschrei, lautes Hervorstoßen von Koranversen
und inbrünstigen Bitten an Gott, Lobgesänge auf seinen
Propheten, zumeist aber nur haltloses Wehklagen. Andere
standen vollkommen stumm, mit geöffnetem Mund und
aus den Höhlen getretenen Augen, starr vor Angst.

Die Piroge hob sich wiederum, höher und höher, stürzte hinab, füllte sich mit Wasser, tauchte wieder auf, leerte
sich, hob sich von neuem…

Der Verschlag zerbarst unter dem Ansturm der giganti-
schen Wellen, die darin aufbewahrten Gerätschaften, Es-
sensvorräte, Süßwasserkanister, Kocher, Küchenutensilien
und sogar der Mast mit der Petroleumlampe wurden vom
Wasser mitgerissen.

Kaaba sah, dass sich die im vorderen Teil befestigten Benzinkanister durch die auf die Piroge einstürzenden Wassermassen verschoben hatten und genauso wie die anderen Dinge ins Meer gespült zu werden drohten. Er beugte
sich vor und suchte mit der Hand tastend nach der Nylon-
schnur in der Werkzeugkiste hinter der letzten Bank, richtete sich wieder auf und schrie, um das Tosen des Sturms
und der Wellen zu übertönen, Baye Laye zu, dass er sicher-
heitshalber die Kanister an der Bank festbinden wolle.

Baye Laye nickte.

Gebückt bahnte sich Kaaba einen Weg durch die Menschen, die sich noch immer an die Querbalken klammerten, um bei dem gewaltigen Schwanken des Bootes nicht über Bord zu gehen. Er versuchte, auf die Bänke zu steigen, überkletterte sie und hielt sich dabei an den Stangen fest. Langsam arbeitete er sich bis zu den halb unter Wasser stehenden Kanistern vor. Gerade in dem Augenblick, als die Piroge wie ein Strohhalm bis zum Kamm einer ungeheuren Welle hochgeschleudert worden war und in ein abgrundtiefes Loch hinabstürzte, schnellte sie wie eine Rakete wieder hoch, bis oben mit Wasser gefüllt. Die von der Welle mitgerissenen Benzinkanister stießen heftig gegen Kaaba, der das Gleichgewicht verlor, sie noch packen wollte, von ihnen mitgezogen wurde und ins Meer stürzte. Er versuchte, die Stange, die er losgelassen hatte, wieder zu fassen, doch seine nassen Finger fanden keinen Halt.

Alles war sehr schnell gegangen. Niemand hatte Zeit gehabt, ihm zu Hilfe zu kommen.

Baye Laye stieß einen gellenden Schrei aus, lauter als das Heulen des Windes, das Tosen der Wellen und die schreienden und Koranverse herunterbetenden Stimmen ,und beugte sich, mit einer Hand am Steuer und der anderen auf die Querstange vor ihm gestützt, über Bord. Lange suchte er die wildbewegte Meeresoberfläche ab, doch Kaaba war nicht zu sehen. Er war spurlos verschwunden. Schließlich sah er die drei Benzinkanister zwei- oder dreihundert Meter von der Piroge entfernt im brodelnden Wasser im Auf und Ab der Wellen verschwinden und wieder auftauchen. Baye Laye blickte ihnen nach, bis die Kanister nicht mehr zu sehen waren. Da wurde ihm klar, dass Kaaba endgültig verloren war.

»Kaaba ist tot«, schrie er verzweifelt und richtete sich mit

wirrem Blick auf. »Innal Laah, wa inna illeyhi raadjioune!*
Kaaba ist tot!«

So wie er hatten auch die anderen Passagiere beobachtet, wie Kaaba ins Wasser gestürzt war, und es war ihnen klar, dass bei diesem Seegang kein Mensch, und wäre er ein noch so guter Schwimmer, auch nur die geringste Chance hatte, da wieder herauszukommen. Zu Tode erschrocken hatten alle das dramatische Ereignis miterlebt. Doch kurz darauf war jeder wieder mit seinem eigenen Schicksal beschäftigt, dachte nur an sein eigenes Leben, das in größter Gefahr und womöglich von einem genauso plötzlichen Ende bedroht war wie das ihres unglücklichen Gefährten.

Die Entfesselung der Naturgewalten steigerte sich noch, die Windstärke verdoppelte sich, die Wellen türmten sich höher und höher auf, die Piroge stürzte ins Bodenlose, und die Wassermassen, die über sie hereinbrachen und sie hin und her warfen, setzten ihr immer ärger zu.

Alle waren außer sich, Verzweiflungsschreie waren zu hören, die Verse des Heiligen Buches, die Lobpreisungen des Propheten Mamadou und die Anrufungen Gottes, des Gnädigen, des Barmherzigen, des Großmütigen, des Einzigen, des Retters wurden wie in Trance heruntergebetet.

Mor Ndiaye verlor vollkommen die Beherrschung, zu seinem Geheule kamen nun markerschütternde Wehklagen: »Es ist vorbei. Wir werden alle sterben wie Kaaba, das ist sicher, die Piroge wird von den Wellen zerschmettert werden, wir werden alle ins Meer stürzen, wir werden alle sterben, die Piroge wird zerschellen und wir...«

Baye Laye herrschte ihn an: »Sei still, Mor Ndiaye! Inschallah, wir werden durchkommen. Haltet euch fest und

---

* Von Gott kommen wir, zu Gott kehren wir zurück!

bitten wir den gütigen Gott, dass er uns beisteht und uns rettet.«

»Welcher gütige Gott?«, schrie Mor Ndiaye und brach in ein irres Gelächter aus. »Gott kann uns nicht helfen, Gott ist tot und zwar wirklich und schon lange, ja, Gott ist tot, Nietzsche hat es schon gesagt, Gott ist tot und wir alle, wir werden auch bald tot sein, so wie Gott und Kaaba, wenn unsere Piroge von den mächtigen Wellen zerschmettert wird!«

»Du bist verrückt geworden! Vor lauter Angst hast du völlig den Verstand verloren«, schrie ihm Lansana zu.

»Hört nicht auf ihn, er hat den Kopf verloren, die Piroge wird nicht entzwei brechen, wenn es Gott gefällt«, setzte Baye Laye hinzu.

»Wir werden alle sterben wie Gott und Kaaba«, jammerte Mor immer weiter. »Ich weiß es sehr gut, wir sind alle dem Tod nahe, das ist sicher. Wir hätten nicht ohne Schwimmwesten losfahren sollen, das ist gefährlich, mein Onkel hat mich dazu gedrängt, ich wollte es so nicht, ich habe zu meiner Mutter gesagt…«

»Mor Ndiaye!«, fuhr ihn Daba an. »Du bist dabei, völlig verrückt zu werden, wirklich. Siehst du nicht den kleinen Talla, der gar nicht heult? Nimm dir ein Beispiel an ihm, nimm dich zusammen und sei endlich still.«

»An dir vor allem – einer Frau – soll er sich ein Beispiel nehmen!«, ergänzte Baye Laye.

Mor Ndiaye sagte nichts mehr. Seine angstvoll aufgerissenen Augen blieben erstaunt auf Daba haften, als sehe er sie zum ersten Mal. Er blieb eine Zeitlang mit offenem Mund stehen, dann senkte er den Kopf und begann leise, unzusammenhängende Worte zu murmeln.

Nun fing es auch noch an zu regnen. Dicke Wassertropfen mischten sich in den heftigen Wind, der den Passagieren ins Gesicht peitschte. Sie hatten gar nicht bemerkt, dass es zu regnen begonnen hatte, und glaubten, es wäre immer noch die Gischt.

Ein Blitz zuckte über den Himmel, gefolgt von einem ohrenbetäubenden Donnerschlag.

»Ich habe den Eindruck, jetzt regnet es auch noch«, stellte Lansana als erster verzagt fest.

»Ja, stimmt, es regnet«, sagte Daba genauso hoffnungslos.

»Gelobt sei Gott! Es regnet, der Donner hat gegrollt, das Unwetter wird bald nachlassen«, meinte Baye Laye.

»Amen!«

»Gott erhöre dich!«

»Gott hat unsere Gebete schon erhört! Das Unwetter wird sehr bald vorüber sein, so wahr ich hier stehe«, wiederholte Baye Laye zum Erstaunen aller im Brustton der Überzeugung. »Wenn es regnet und der Donner grollt, so wird das Meer, und sei es noch so aufgewühlt, bald wieder ruhig, als ob der Donner seinen Zorn besänftigen würde. Alle Seeleute wissen das.«

Als erfahrener Fischer irrte sich Baye nicht. Kurze Zeit später beruhigten sich die Naturgewalten tatsächlich genauso schnell, wie sie losgebrochen waren. Der Sturm ließ nach, die Wellen wurden schwächer und schließlich lag das Meer wieder ruhig da, während der Regen immer stärker wurde.

Das Brummen des Motors, das während des Unwetters vom Heulen des Windes und dem Tosen der Wellen übertönt worden war, war jetzt wieder zu hören und vermengte sich mit dem unverkennbaren Geräusch der Regentropfen, die vom Himmel fielen und auf die unendlich weite Meeresfläche prasselten.

Dem kleinen Talla fiel auf, dass mit dem Motor etwas nicht stimmte, und er wollte Baye Laye darauf aufmerksam machen. Er musste mehrmals ansetzen, bis dieser ihn überhaupt beachtete. Denn der hielt, noch immer unter Schock wegen Kaabas Tod, gedankenverloren das Steuer fest und ließ seinen Blick über das Meer gleiten, in der unsinnigen Hoffnung, seinen Gefährten wieder auftauchen und im Wasser schwimmen zu sehen.

»He, was willst du?«, fragte er endlich und schaute Talla an.

»Der Motor läuft, aber die Piroge bewegt sich nicht vorwärts«, bemerkte der Junge.

Baye Laya schüttelte den Kopf und gab Vollgas. Das Dröhnen des Motors nahm zu und übertönte das Rauschen des strömenden Regens. Doch das Boot bewegte sich nicht von der Stelle.

»Die Schiffsschraube ist gebrochen«, wusste er sofort und stellte den Motor ab.

Er zog den Motorblock aus dem Wasser und tatsächlich, es handelte sich um den vermuteten Schaden.

»Was werden wir jetzt tun?«, fragte Mor Ndiaye besorgt.

»Es gibt einen zweiten Motor«, sagte Lansana.

»Er ist aber nicht mehr an seinem Platz«, stellte Talla fest. »Vielleicht ist er hinuntergefallen…«

Baye Laye, Lansana und Talla tasteten den Boden des mit Wasser gefüllten Bootes mit ihren Füßen und vornüber gebeugt mit ihren Händen ab. Sie konnten den Motor nicht finden, dafür aber zwei ineinandergestapelte Kübel, die unter einer Bank festgeklemmt waren.

Die Passagiere, die nach wie vor vor Schreck zitterten, klammerten sich noch immer an die Querstangen, obwohl die Piroge von den Wellen längst nicht mehr so heftig hin und her geworfen wurde und kein Wasser mehr ins Innere schwappte. Manche weinten, ihre Brust wurde von heftigem Schluchzen geschüttelt, andere beteten noch immer ihre Koranverse, sie baten Gott den Allmächtigen um Hilfe und lobten seinen Propheten.

Baye Laye gab Lansana einen der Kübel, und zu zweit begannen sie, das Wasser aus dem Inneren der Piroge zu schöpfen. Als sie müde geworden waren, gaben sie die Kübel an Daba und Mor Ndiaye weiter. Dann kamen nacheinander auch die Anderen an die Reihe, von denen sich immer zwei und zwei abwechselten.

Es war eine anstrengende und ermüdende Arbeit, die viel Zeit in Anspruch nahm und erst lange, nachdem es zu regnen aufgehört hatte, beendet war. Als die Piroge endlich leergeschöpft war, wollten sie nachsehen, was ihnen noch geblieben war. Alles war von den Wellen weggeschwemmt worden, die Nahrungsmittel und die Küchengeräte, die Reisetaschen und die Petroleumlampen, die Benzin- und Süßwasserkanister. Alles. Nur die nassen Kleider, die ihnen auf der Haut klebten und die beiden Plastikkübel, die sie unter der Bank gefunden hatten, waren ihnen geblieben.

Kaum hatte der Regen aufgehört, setzte ein heftiger, eisiger Wind ein, der jedoch nicht die orkanartige Stärke des Sturms während des Unwetters erreichte. Das Meer wurde wieder bewegter, die Piroge von einer Seite auf die andere geworfen, und die Gischt auf der Wasseroberfläche streifte beinahe die Bordkanten. Wieder war der Himmel mit großen schwarzen Wolken bedeckt, die die Sonne völlig verhüllten. Dadurch war ihnen jede Möglichkeit zur Orientierung genommen. Da Kaaba als einziger eine Uhr besessen hatte, wussten sie auch nicht, wie spät es war.

Das Unwetter hatte etwa dreißig Minuten gedauert, der Regen dreimal so lange, und sie hatten drei bis vier Stunden lang das Wasser aus dem Boot geschöpft. Es musste also mitten am Nachmittag sein, aber es war so dunkel, dass man hätte glauben können, es sei schon Abend.

Die Piroge wurde vom eisigen Wind vorwärts bewegt,

von den Wellen hin und her geschleudert, manchmal nach Backbord, dann wieder nach Steuerbord, und trieb langsam ab. Die Passagiere, die mit vorgebeugtem Oberkörper auf ihren Bänken saßen, hatten die Arme an die Brust gepresst oder die Hände auf den nach vorne geneigten Kopf gelegt und zitterten vor Kälte. Erstaunt, überhaupt noch am Leben zu sein, traurig und niedergeschlagen wegen des toten Gefährten, versanken sie in Schweigen. Baye Laye hatte eine kurze, herzzerreißende Rede für ihn gehalten, bei der er von Kaabas junger Frau sprach, die dieser vor nicht einmal einem Jahr geheiratet hatte und die auf ihn bei ihrem Onkel wartete, mit ihrem ersten Kind im Bauch, das er niemals sehen würde.

Die Zeit verging…

Kurz vor Einbruch der Dunkelheit meldete Talla, der zum Pinkeln auf einer Bank stand, einen im Meer treibenden Gegenstand, der sich auf sie zu bewegte.

»Kaaba«, schrie Baye Laye und sprang auf, alle anderen Passagiere machten es ihm nach.

Es war aber nicht der Leichnam des Fischers, sondern ein Teil der Bordwand der Piroge *Bonne Mère Fatou Fall* aus Hann. Sie war wahrscheinlich durch die Wucht der mächtigen Wellen während des Unwetters zerborsten. Ihre fünfundachtzig Passagiere waren sicherlich alle tot, so wie Kaaba, kein Mensch konnte im tobenden Ozean überleben.

Was war aus dem zweiten Boot, der *Air Guet Ndar* und ihren Insassen geworden? Auch zerborsten? Beschädigt? Abgetrieben? Oder unversehrt? Sie hatten keine Antworten auf diese Fragen und nahmen wieder auf ihren Bänken Platz, um sich gegen den eisigen Wind zu schützen, der ihnen ins Gesicht peitschte und durch die nassen Kleider bis auf die Knochen drang. Eine Weile beschäftigte sie noch das Schicksal der Menschen auf den beiden Pirogen, bevor sie wieder in erschöpftes Schweigen fielen.

Der Himmel blieb von großen, dunklen Wolken bedeckt, die Nacht brach herein. Dunkelheit senkte sich über die Piroge, die langsam auf dem mit leuchtend weißen Schaumkronen bedeckten Ozean weiter dahintrieb. Wind und Wellen frischten wieder auf. Bedrückende Stille herrschte, unterbrochen nur von dem unangenehmen Geräusch der vielen Passagiere, die seekrank waren und sich ins Boot übergaben.

Baye Laye und eine kleine Gruppe, darunter Daba, die nicht an Krämpfen, Durchfall, Schwindel, Übelkeit oder Erbrechen litten, trotzten dem eisigen Wind und dem ständigen Schwanken der Piroge und hielten sich aufrecht, an die Querstangen gestützt. Immer wieder suchten sie den nächtlichen Horizont ab, in der Hoffnung, die Lichter wieder zu erblicken, die sie am Vorabend in der Ferne vor sich hatten glitzern sehen. Vergebens. Schließlich kauerten sie sich entmutigt und durchfroren wieder auf ihre Bänke.

Einer der Dorfbewohner, völlig am Ende seiner Kräfte, begann plötzlich schrille Schreie auszustoßen, unterbrochen von langen Tiraden in seiner Stammessprache. Stimmen antworteten, ebenfalls in Malinké, einige beschimpften ihn wüst, andere versuchten, ihn zu beruhigen. Er hörte auf zu schreien und verfiel in heftiges Schluchzen.

In der zweiten Nachthälfte zeigten sich weder der Mond noch die Sterne.

Die Passagiere wussten nicht mehr aus noch ein, sie hatten jegliche Hoffnung verloren und nicht die geringste Ahnung, ob sie vom Wind auf die hohe See oder zum Ufer getrieben wurden. Völlig übermüdet und voller Angst, von Hunger und Durst gequält, vor Kälte mit den Zähnen klappernd, konnten sie keinen Schlaf finden. Sie blieben bis Tagesanbruch wach, in dumpfem Schweigen, das nur von Brechanfällen und Furzkonzerten unterbrochen wurde. Verzweifeltes Stöhnen und Wehklagen mischten sich in das Pfeifen des Windes und das Brausen der Wellen, während das Boot von den gewaltigen Wellen hin- und hergeworfen wurde und in der Dunkelheit weiter abtrieb.

Zwölf

Endlich graute der Morgen.

Das schlechte Wetter dauerte an. Die Wolken, die den Himmel bedeckten, waren dunkler, die Kälte beißender, der Seegang stärker. Nur das Pfeifen des Windes und das Brausen der noch stärker schäumenden Wellen waren zu hören. Kein Meeresvogel flog durch die Lüfte. Abgesehen von der dahin treibenden Piroge war das Meer völlig leer.

Manche Passagiere standen gegen die Querbalken gelehnt und folgten den Bewegungen des Bootes, das unaufhörlich schwankte, während andere seekrank, noch immer schreckensstarr oder unfähig, sich auf den Beinen zu halten, wie festgenagelt auf den Bänken saßen. Alle schlotterten vor Kälte, schauten elend aus, mit geschwollenen Lidern, wirrem Blick, vor Schlafmangel geröteten Augen, sie litten unter Erschöpfung, Hunger und Durst. Seit dem Vortag etwa um dieselbe Zeit hatten sie nichts mehr gegessen und getrunken, ihre völlig durchnässte Kleidung, die noch immer nicht getrocknet war, schützte sie kaum vor der beißenden Kälte.

Mor Ndiaye und drei weitere Dorfbewohner waren so durstig, dass sie trotz Baye Layes Warnungen mit einem

Kübel Meerwasser schöpften und in großen Mengen tranken. Sofort wurde ihnen übel. Kaum war das salzige Wasser im leeren Magen angekommen, wurde es mit einem gewaltigen Rülpser wieder durch Mund und Nase ausgestoßen. Gekrümmt und mit tränenden Augen, rotzverschmierter Nase, die Hände gegen den Bauch gepresst oder an die Querbalken geklammert, wanden sie sich und schrieen vor Schmerzen.

Danach versuchte keiner mehr, mit Meerwasser seinen Durst zu stillen.

Verzweifelt sahen sie dem Anbruch der zweiten Nacht ihrer Irrfahrt auf dem Meer entgegen, dem Wind ausgeliefert, der zehnten Nacht seit ihrer Abfahrt. Die hereinbrechende Dunkelheit verstärkte noch ihre Angst und Ungewissheit und eine tiefe Hoffnungslosigkeit bemächtigte sich ihrer, als Baye Laye, Daba, Lansana und Kibily schließlich, nachdem sie lange den Horizont ringsumher abgesucht hatten, wieder auf ihren Bänken Platz nahmen und erklärten, sie hätten keinerlei Lichter erkennen können, weder in der Nähe noch in der Ferne.

Die Nacht, ohne Mond, ohne Sterne, war sehr kalt und sehr lang. Im Dunkeln vermischten sich Wehklagen, Schluchzen, Verzweiflungsschreie mit dem Tosen der Wellen, den Koransuren, den Lobpreisungen des Propheten und den Gebeten und Anflehungen Gottes, der allein ihnen noch Hilfe bringen konnte.

Viele litten noch immer unter der Seekrankheit. Auch waren die Hygienemaßnahmen, die seit der Abfahrt an Bord strikt eingehalten worden waren, seit der Nacht nach dem Sturm aufgegeben worden, und das Boot hatte sich in eine ekelerregende Kloake verwandelt.

Ein neuer Tag brach an, genau wie der vorhergehende, ohne Sonne, noch immer mit wolkenverhangenem Himmel, stark bewegtem Meer und eisigem Wind.

Die unter Hunger, Durst und Kälte leidenden und verzweifelten Passagiere hatten jegliche Hoffnung verloren, sie waren unfähig zu handeln oder irgendeine Initiative zu ergreifen; im Laufe der Zeit vergruben sie sich immer weiter in ihre Angst, die einen mit Jammern und Klagen, die anderen in völligem Schweigen.

Während der dritten Nacht ihrer Irrfahrt kam es erstmals zu einem Fall von Wahnvorstellungen. Der Morgen nahte schon, Stille und Ruhe herrschten in der dahin treibenden Piroge. Die meisten Passagiere dösten vor sich hin, als plötzlich einer der Dorfbewohner von seiner Bank aufsprang und zu brüllen begann, dass das Buschfeuer, das man die zwei oder drei letzten Tage nicht beachtet hatte, nachdem es die Ernte auf den Feldern vernichtet hatte, nun bis zum Dorf vorgedrungen sei und die ersten Hütten erfasst hätte.

Die Bootsinsassen, aus dem Schlaf hochgeschreckt, versuchten ihn zu beruhigen. Er schrie weiter, bearbeitete seine Gefährten heftig mit den Fäusten, die versuchten, ihn zur Vernunft zu bringen, und herrschte sie an, schnell Schüsseln, Kübel und Kalebassen mit Brunnenwasser zu holen, um das Feuer möglichst schnell zu löschen, bevor das ganze Dorf niederbrennen würde.

Keba, der Älteste der Dorfbewohner, packte ihn bei den Schultern und sprach auf ihn ein: »Sadio! Sadio! Wir sind nicht im Dorf, sondern mitten auf dem Meer.«

Aber er schrie nur noch lauter: »Feuer, Feuer!«

Keba versetzte ihm ein Paar Ohrfeigen rechts und links. Nicht brutal, aber kräftig genug, um ihn aus seinen Wahnvorstellungen zu holen und zum Schweigen zu bringen.

»Sadio! Sadio!«, rief ihm Keba noch einmal zu, während der mit beiden Händen seine Wangen hielt.

Er ließ sich Zeit mit der Antwort, als wäre er noch nicht richtig aus dem Tiefschlaf erwacht. »Was ist los?«

»Wir sind mitten auf dem Meer und nicht im Dorf, hier gibt es kein Buschfeuer.«

Die Stimme Sadios klang mehr als erstaunt: »Buschfeuer? Was für ein Buschfeuer? Ich sage zu dir, dass mir kalt ist und ich durstig bin, ich möchte trinken und mich aufwärmen, und du erzählst mir etwas von einem Buschfeuer! Lass mich hinsetzen und gib endlich Ruhe!« Er ließ sich auf der Bank nieder.

Kaum war wieder Ruhe eingekehrt, schreckten Dabas Schreie alle auf. Sie kämpfte wild mit Mor Ndiaye und versuchte, ihn zurückzustoßen. Der Student, der vollkommen ausgerastet war, hatte sich plötzlich wie ein Wahnsinniger auf sie gestürzt, die auf ihrer Bank vor sich hindöste, und schrie, dass er noch keine Frau erkannt habe und sterben würde, ohne je eine Frau erkannt zu haben. Er wollte Daba, die aufgesprungen war und sich energisch wehrte, zwingen, die Beine breitzumachen, ihn zum ersten und letzten Mal eine Frau kosten zu lassen, danach könne er in Frieden sterben. Er stand da, mit heruntergelassener Jeans und Unterhose, nacktem Hinterteil und erigiertem Penis, hielt die Hüften der jungen Frau mit beiden Händen fest umklammert und versetzte ihr kräftige Beckenstöße.

Kibily, ihr Verehrer, sprang auf. Er packte Mor von hinten, riss ihn von ihr weg und traktierte ihn mit Faustschlägen, unterstützt vom kleinen Talla, bevor Baye Laye und Lansana eingriffen und sie trennten.

Der nächste, dramatische Zwischenfall ereignete sich am darauffolgenden Vormittag: Seegang und Wind hatten sich noch immer nicht gelegt, dunkle Wolken verhüllten weiterhin die Sonne und bedeckten den Himmel. Die erschöpften Passagiere lagen hingestreckt auf ihren Bänken, gefangen in einer verzweifelten Stille und mussten das unaufhörliche Schwanken der dahintreibenden Piroge von einer Seite auf die andere ertragen.

Der Dorfbewohner, der neben Kibily saß, machte ihm plötzlich ein Zeichen, still zu sein und legte einen Finger auf die Lippen. Er stand halb gebückt auf, nahm einen Pfeil aus seinem imaginären Köcher am Rücken, spannte die Sehne seines Bogens mit voller Kraft und ließ ihn losschnellen.

Dann richtete er sich in voller Größe auf und brüllte: »Ich habe ihn mit einem Pfeil mitten in die Brust getroffen! Ich habe den Löwen von Niani getötet, ich habe den Löwen von Niani getötet! Jetzt bleibt nur noch das Löwenweibchen, das noch viel gefährlicher ist, aber ich werde es auch töten, wie ich schon den Löwen getötet habe! Ich habe den Löwen von Niani getötet, jetzt bleibt nur noch die Löwin!«

Er keuchte, war völlig außer Atem, beugte sich wieder vor, die Hand an der Stirn wie ein Visier, mit zusammengekniffenen Lidern. Kurz danach senkte er sie, legte seinen Zeigefinger wieder an die Lippen und verlangte absolute Stille, obwohl sich ohnehin niemand rührte.

»Ich werde auf den höchsten Ast des Baumes klettern. Von dort aus werde ich das Löwenweibchen sehen und töten, wie ich schon den Löwen von Niani getötet habe!«, wiederholte er und richtete sich auf.

Er hielt sich am Querbalken fest, stieg behende auf die Bank, zog sich zum Bordrand hoch, als die Piroge kurz waagrecht stand, nachdem sie sich vorher auf die eine Seite geneigt hatte. Aufrecht stehend, mit gespreizten Beinen, die Hand wieder über die Augen gelegt, verlor er das Gleichgewicht, als das Boot sich gleich wieder auf die andere Seite neigte und stürzte ins Meer. Kibily und einige andere, die aufgesprungen waren, seinen Namen riefen und sich an den Balken, dann an der Bordkante der Piroge festgeklammert und über sie gebeugt hatten, konnten gerade noch seine hoch erhobenen Arme und den Oberkörper aus dem Wasser ragen sehen, bevor er unvermittelt unterging.

Es gab keine weiteren Zwischenfälle mehr an diesem Tag, der mit einem Konzert von Lobpreisungen, Klagen, Gebeten und Gottesanrufungen endete. Die bedrückende Dunkelheit, die bei Einbruch der Nacht zurückkehrte, verstärkte ihre Beklemmung, Kälte, Hunger und Durst und ließ bei allen weit in die Kindheit zurückreichende, tief vergrabene Ängste wieder hochkommen.

In der zweiten Hälfte dieser Nacht begann es heftig zu regnen.

Die Passagiere erhoben sich und stießen Freudenschreie aus. Sie dankten dem allmächtigen Gott, der sie nicht verlassen hatte, denn er hatte ihnen diesen wohltätigen Regen gesandt. Sie fingen die großen Wassertropfen mit den gewölbten Handflächen vor dem Mund auf und tranken. Nachdem sie ihren Durst gelöscht und ihren Magen mit Wasser gefüllt hatten, fühlten sie sich besser, trotz der unerbittlichen Kälte. Vorübergehend spürten sie auch die Hungerqualen nicht mehr.

Am frühen Morgen hörte es auf zu regnen. Dichter Nebel umhüllte die Natur wie Watte und schränkte die Sicht bis auf wenige Meter ein. Es war noch immer kalt. Die Passagiere schlotterten in ihren nassen Kleidern, doch der eisige Wind hatte sich gelegt, der Seegang nachgelassen und die Piroge schwankte nicht mehr auf dem jetzt wieder ruhig daliegenden Meer. Das Geräusch der großen schaumbekrönten Wellen war nicht mehr zu hören.

Kurz danach ging die Sonne bei blauem, wolkenlosen Himmel strahlend auf, zum ersten Mal seit fünf Tagen, und verjagte den Nebel. Sie wurde freudig von allen Passagieren begrüßt, die sich durch das Regenwasser vom Vortag wieder etwas erholt hatten, weil sie fälschlich geglaubt hatten, einen vollen Bauch zu haben.

Die Meeresvögel, die mit dem schlechten Wetter verschwunden waren, tauchten wieder auf.

Das Beten, Bitten und Anflehen Gottes und die Lobpreisungen des Propheten wurden jetzt noch inbrünstiger wieder aufgenommen.

Die Piroge trieb noch immer ab, doch das von den hohen Wellen ausgelöste Hin- und Herschwanken hatte aufgehört. Man konnte aufrecht stehen, über Bänke steigen und sich im Boot bewegen, ohne gleich das Gleichgewicht zu verlieren und sich an den Querbalken festhalten zu müssen.

Mit Hilfe der nun wieder sichtbaren Sonne gelang es Baye Laye endlich, sich zu orientieren. Die Piroge trieb in die falsche Richtung. Nachdem die Sonne während der Fahrt am Vormittag auf Backbordseite hätte stehen müssen und am Nachmittag auf Steuerbordseite, befand sie sich nun über dem Heck des Bootes.

Gegen Mittag hörten sie plötzlich das Geräusch eines Flugzeugs. Sie hoben die Augen zum Himmel und sahen eine kleine Maschine, die sie in mittlerer Höhe überflog. Alle sprangen auf, bewegten heftig die Arme, obwohl sie stark geschwächt waren, und stießen laute Schreie aus, um sich so bemerkbar zu machen. Doch das Flugzeug setzte seinen Weg fort. Sie winkten und schrien unentwegt weiter, bis es schließlich ihren Blicken entschwunden war. Entmutigt setzten sie sich wieder und verfielen neuerlich in Schweigen.

Die Piroge trieb weiter ab. Minuten und Stunden vergingen endlos langsam.

Abermals war es der kleine Talla, der auf die Bank gestiegen war, um zu pinkeln, er sah als erster das Rettungsschiff, und er kündigte es mit einem gellenden Schrei an.

Alle sprangen gleichzeitig von ihren Plätzen auf.

Es war bereits später Nachmittag, die Sonne war schon

fast im Meer versunken und ihre schrägen Strahlen färbten die ruhige Wasseroberfläche aschgrau und ließen tausende silberne Punkte erstrahlen. Alle Blicke waren auf das Schiff gerichtet, das mit großer Geschwindigkeit näher kam. Alle bewegten wie wild die Arme und schrien. Wenig später erreichte das Schiff das in Seenot geratene Boot. Völlig entkräftet, ausgehungert, mit ausgezehrten Gesichtszügen, wirrem Blick, doch seltsamerweise einer Spur von Erleichterung in ihren Augen, wurden die Geretteten, die sich kaum noch auf den Beinen halten konnten, von denen manche nicht einmal mehr gehen konnten, einer nach dem anderen an Bord des spanischen Rot-Kreuz-Schiffes aus Teneriffa gehievt.

Die internationale Organisation war vom Piloten des Flugzeugs verständigt worden: Er hatte die Position des kleinen Bootes durchgegeben, das um die vierzig Menschen an Bord hatte und hilflos auf dem riesigen Ozean trieb.

Glossar

Casamance: Region im Süden Senegals
Clando-Taxi: Nicht offiziell zugelassenes Taxi
Malinké: Zweitwichtigste Sprache im Senegal
Prophet Mamadou: afrikanischer Name für Mohammed

NACHWORT
von Reinhard Middel

»Lampedusa« war und ist auch an den Küsten Andalusiens, in den nordafrikanischen Enklaven Ceuta und Melilla – und auf den Kanarischen Inseln. Nach dem Höhepunkt der Migrationsbewegung in den Jahren um 2006 ist der Flüchtlingsstrom aus dem Senegal in Richtung der spanischen Atlantikinseln zwischenzeitlich nicht nur wegen des erschwerten Zugangs durch den aufgerüsteten Grenzschutz und die anhaltende europäische Wirtschaftskrise in Spanien und Europa etwas abgeebbt. Moussa Touré sieht Gründe vor allem auch in der »Rückkehr der Hoffnung« unter der neuen senegalesischen Regierung, die sich u.a. für heimische Arbeitsplätze einsetzt. Währenddessen haben sich die Flüchtlingsbewegungen aus anderen Regionen der Subsahara und den Krisengebieten Nordafrikas über immer gefährlichere Routen in das Zentrum des Mittelmeers und die Ägäis verlagert. Infolge der Umwälzungen in der arabischen Welt sind Abkommen obsolet geworden, mit denen die EU die inzwischen gestürzten Regimes einst erfolgreich zur Flüchtlingsabwehr aus dem Süden verpflichtet hatte, gleichzeitig steigt die Migration aus diesen von Bürgerkrieg und Instabilität gezeichneten Ländern.

Gründe und Ursachen für die Migration nach Europa sind vielfältig, Menschen aus Somalia oder Eritrea, seit Jahrzehnten von Hungersnöten, kriegerischen Auseinandersetzungen und Religionskonflikten zerrieben, haben im einzelnen andere Motive als Flüchtlinge aus dem Senegal und Guinea. Unser Nichtwissen(-wollen) oft nur notdürftig kaschierende Zuschreibungen wie »Asylanten«, »Armuts-« oder »Wirtschaftsflüchtlinge« helfen nicht weiter, sie vermengen und pauschalisieren differenziert zu betrachtende Hintergründe für die im Süden und im Südosten vielerorts mehr oder weniger »perfekten« Abwanderungsbedingungen. Allen Flüchtlingen bzw. Migrationswilligen gemeinsam ist, dass sie ein besseres Leben wollen als das hoffnungslose, welches sie aufgrund von repressiven politischen Verhältnissen, kriegerischen Auseinandersetzungen, wirtschaftlicher Unterentwicklung, Globalisierungsfolgen und Klimawandel in ihren jeweiligen Heimatländern leben müssen. Deshalb liegt ein wichtiger Schlüssel für eine nachhaltige Migrationspolitik in der Beseitigung von globaler Ungerechtigkeit und von Fluchtursachen, die zu einem nicht unerheblichen Teil von der Politik und Wirtschaft in Europa selbst geschaffen worden sind.

Mit Blick auf Afrika hat es der ehemalige Bundespräsident Horst Köhler in seiner Berliner Rede 2007 auf den Punkt gebracht: »Europa fischt Afrikas Küsten leer und verweist Kritiker kalt lächelnd auf geschlossene Verträge.« Wie andere westafrikanische Staaten hatte die frühere senegalesische Regierung mit den Ländern der EU Fischereiabkommen geschlossen, die es den riesigen Fangflotten aus Europa ermöglichten, die ergiebigen Fischgründe leer zu fischen, mit der unausweichlichen Folge, dass ein

Großteil der einheimischen Fischer arbeitslos und gewachsene lokale Ökonomien zerstört wurden. Saisonale Arbeitsmöglichkeiten im benachbarten Mauretanien gab es nur begrenzt, damit wurden insbesondere die jungen Männer aus den Fischerfamilien nicht nur ihrer Subsistenz, sondern auch ihrer Anerkennung im sozialen Gefüge der patriarchalen Gesellschaft beraubt. Auf ähnlich fatale Weise wurde Bauern und der Landbevölkerung durch die hoch subventionierte EU-Agrarpolitik und restriktive Einfuhrbeschränkungen die Existenzgrundlage genommen. Solange die EU die heimische Landwirtschaft und lokale Ökonomien infolge billigerer Lebensmittel zusammenbrechen lässt, sollte sich niemand über anhaltende Migration wundern. »Erst macht der Westen die Wirtschaft der Entwicklungsländer kaputt, und wenn die Menschen dann, weil sie nicht verrecken wollen oder einfach ein besseres Leben suchen, aus ihrer trostlosen Heimat fliehen und sich nach Europa durchschlagen, verhöhnt man sie dort als Wirtschaftsflüchtlinge und behandelt sie wie Verbrecher« (Heribert Prantl, Süddeutsche Zeitung vom 19. Oktober 2013).

Das Beispiel Senegal zeigt, dass und wie man mit Korruptionsbekämpfung, der Schaffung von Arbeitsplätzen für ausgebildete jüngere Menschen und dem Abschluss neuer Fischereiverträge mit den Ländern der EU in Afrika selbst ansetzen muss, um Migration von der »Ursachenseite« her sozial und wirtschaftlich sinnvoll steuern zu können. Verhindern können (und wollen) wird man Migration in der globalisierten Welt ungleich verteilter Güter nicht, sind doch Millionen von Menschen global unterwegs, um nach gerechteren Teilhabemöglichkeiten zu suchen.

Demgegenüber konzentriert sich die gegenwärtige Einwanderungs- und Flüchtlingspolitik der EU, die stark von sicherheitspolitischen Erwägungen überlagert wird, primär auf die Bekämpfung der Folgen und die Abwehr von Migration – auf den Ausbau der »Festung Europa« zum Schutz gegen »andrängende Flüchtlingsmassen«. Grenzen sollen geschützt werden, nicht Flüchtlinge. Diese dem Geist einer humanen Schutzkultur zuwiderlaufende Politik hat sich mit der 2004 gegründeten EU-Grenzschutzagentur Frontex ein immer effizienteres Flüchtlingsabwehrinstrument geschaffen. Die wachsende Frontex-Flotte von radargestützten Hubschraubern, Flugzeugen und Schiffen, die zukünftig auch mit Drohnen zu Land und zu See an den (süd-)europäischen Außengrenzen grenzpolizeilich und paramilitärisch aktiv ist, wird von vielen als Symbol für die Abschottung Europas, gar als »stiller Krieg gegen Flüchtlinge« kritisiert. Für Giusi Nicolini, die Bürgermeisterin von Lampedusa, ist es eine Politik, die »Menschenopfer in Kauf nimmt, um die Migration einzudämmen.« Organisationen wie Pro Asyl haben in der Vergangenheit wiederholt Menschenrechtsverletzungen beim Aufbringen in Seenot geratener Flüchtlinge und zweifelhafte Anwendungen der EU-Rückführrichtlinie dokumentiert. Skepsis ist angebracht, ob in diesem Rahmen das neue Grenzüberwachungssystem Eurosur (European Border Surveillance System) mit modernster High-Tech-Überwachung zukünftig tatsächlich für Rettungsmissionen eingesetzt werden kann und wird, um Flüchtlinge vor dem Ertrinken zu retten, wie es EU-Innenkommissarin Cecilia Malmström angekündigt hat (Frankfurter Allgemeine Zeitung vom 24. Oktober 2013).

Die für Deutschland vergleichsweise komfortable »Dublin II«-Regelung, wonach für Flüchtlinge der Staat zuständig ist und bleibt, in dem ein Flüchtling zum ersten Mal europäischen Boden betritt, ist eine politisch fragwürdige Übereinkunft der europäischen Gemeinschaft mit weitreichenden Folgen. Sie hat bisher erfolgreich verhindert, dass ernsthaft über ein gemeinsames EU-Einwanderungsrecht mit legalen Arbeitsmöglichkeiten, über gerechtere Lastenverteilung bei der Flüchtlingsaufnahme mit Hilfe von Quotenregelungen, die nachhaltige Beseitigung von Migrationsursachen und nicht zuletzt über die Schaffung sicherer Fluchtrouten für Migranten diskutiert worden ist – auch jenseits der ohnehin sehr engen Sonderkorridore für dezidiert politisch verfolgte Flüchtlinge.

Stattdessen setzt die EU bei ihrer Politik der Flüchtlingsabwehr auf erweiterte »Mobilitätspartnerschaften« mit den afrikanischen Herkunfts- und maghrebinischen Transitländern. In diesen »Partnerschaften« werden willigen Regierungen vor allem willkommene Unterstützungen finanzieller Art in Aussicht gestellt, im Gegenzug müssen sie sich zu einer Zusammenarbeit bei der »Bekämpfung des Menschenschmuggels« und zu einer Rückübernahme von »illegalen« Migranten verpflichten. »Europa zahlt den nordafrikanischen Ländern viel Geld dafür, dass das Asyl dort hinkommt, wo der Flüchtling herkommt – und kümmert sich nicht darum, was mit den abgeschobenen Flüchtlingen passiert«, so noch einmal Heribert Prantl. Ein Grund mehr, weshalb Europa, ein von Aufklärung, Humanismus und Christentum geprägter Kontinent, dringender denn je einer europäischen Flüchtlings- und Einwanderungspolitik bedarf, die diesen Namen verdient.

Aus dem Booklet für den Film »La Pirogue« von Moussa Touré, der auf dem Roman von Abasse Ndione basiert.

.

Abasse Ndione, 1946 in einem senegalesischen Fischerdorf in der Nähe von Dakar geboren, besuchte zunächst eine Koran- und dann eine französische Schule und arbeitete als Krankenpfleger. Er schreibt auf Wolof und Französisch. Er lebt im Senegal.

Seine wichtigsten Veröffentlichungen: »La Vie en Spirale«, 1984 im Senegal, 1998 in Paris; »Ramata«, Paris 2000; »Die Piroge« (Mbëkë mi), Paris 2008 – alle bei Gallimard. Sowohl »Ramata« (2007) wie »Die Piroge« (2012) wurden in Frankreich bzw. im Senegal verfilmt.

Margret Millischer, lebt als Übersetzerin und Dolmetscherin in Wien. Lehrbeauftragte am Zentrum für Translationswissenschaft der Universität Wien. Studium der Romanistik/Kunstgeschichte sowie am Dolmetschinstitut in Wien und an der ESIT in Paris. Dissertation über Lou Andreas-Salomé in Italien. Literarische Übersetzungen: u.a. Gedichtsammlungen von Jean-Michel Maulpoix (»Eine Geschichte vom Blau«, »Schritte im Schnee«), »Die Schatten von Ghadames« von Joelle Stolz und »Briefe an einen jungen Marokkaner«, hsg. von Abdellah Taia (gemeinsam mit dem ZTW-Übersetzungskollektiv).

DIE DVD ZUM BUCH

Auszeichnungen:

Sélection Festival de Cannes 2012 – Un Certain Regard
ARRI-Preis beim Filmfest München 2012, Bester Internationaler Film
Journées cinématographiques de Carthage 2012 – Tanit d'Or (Hauptpreis)
Festival panafricain du cinéma et de la télévision de Ouagadougou FES-
PACO 2013, Bronzener Yenenga

Die Piroge
Spielfilm von Moussa Touré. Nach dem Buch von Abasse Ndione
Senegal, Frankreich, Deutschland 2012
87 min., Orig. mit UT (deutsch oder franz.)

Kontakt: info@ezef.de Tel.: 0711 284 72 43   www.ezef.de

LESEN SIE WEITER

Bester Krimi der Saison 2014
BuchKultur

KrimiZeit-Bestenliste
»Starkes Debot.«
Tobias Gohlis, DIE ZEIT

»Die Handlung ist so geschickt konstruiert, rätselhaft und fremd, wie man
es von einem richtig guten Krimi erwarten kann … spannend und lehrreich
und faszinierend … Gutes Buch, sehr guter Krimi …
Andreas Ammer, Deutschlandfunk

Mukoma wa Ngugi »Nairobi Heat«
Übersetzt von Rainer Nitsche. 176 S., geb. m. SU
ISBN 978 3 88747 299 3

LESEN SIE WEITER

Bernardo Kucinski

K. oder *Die verschwundene Tochter*

ROMAN : TRANSIT

LITPROM Bestenliste

Das erzähltechnisch Überraschende an diesem Roman liegt in der Vielfalt der Wahrnehmungs- und Berichtsebenen. Neben der Perspektive des K. gibt es noch andere Sprecher … Alle erzählen sie ihre Variante … Dieser Reigen von Erzählstimmen ergibt ein fast authentisch wirkende und dennoch literarisch verfremdete Geschichte.
Salli Sallmann, RBB-Kulturradio

Ein berührender und mahnender Roman gelungen.… aufwühlend, faszinierend, verstörend, spannend wie ein guter Krimi, herzzerreissend.
Claudia Maag, studentsmagazin

Bernardo Kucinski »K. oder Die verschwundene Tochter«
Übersetzt von Sarita Brandt. 176 S., geb. m. SU
ISBN 978 3 88747 295 5